www.tredition.de

AF185050

Zur Erinnerung

an meinen geliebten Ehemann Elias,

der im März 2016 unerwartet zu einer
neuen Reise aufgebrochen ist

ConEli

Eli´s Geschichten

Die lustigen Abenteuer des Busfahrers Elias

www.tredition.de

© 2016 ConEli

Verlag: tredition GmbH, Hamburg

ISBN
Paperback: 978-3-7345-5629-6
Hardcover: 978-3-7345-5630-2
e-Book: 978-3-7345-5631-9

Printed in Germany

Vorwort 8

Der Anfang.. 9

Schwimmen macht durstig 15

Unruhe im Schulbus 19

Aus der Vergangenheit.........................23

Schul-Uhr...25

Pausenhof...29

Bestrafung 31

Selbst bestraft......................................33

Bubenstreiche......................................35

Vorsicht Schokolade.............................37

Dusche im Bus......................................41

Betriebsbesichtigung...........................43

Treffen in der Grube.............................47

Verkehrserziehung 49

Hitzefrel...53

Was so alles verloren geht 55

Falsch geschaut....................................59

Koffer gekennzeichnet 61

Gestohlene Ski 65

Nicht vermisst......................................71

Unbedingt durchzählen..75

Trunkenheit, aber kein Steuer............................79

Fußball 83

Unbekannte Technik..85

Vorsicht Kamera 89

Im Scheinwerferlicht...91

Falsche Stelle..93

Perfekte Technik - menschliche Bedienung 95

Schnelle Würstchen...99

Test-Esser 103

Volle Toilette...107

Heute geschlossen 111

Selbstversorger...113

Fremdsprachen..117

Eiszeit...121

Alles neu 123

Skirennen 129

Apres-Ski..135

Unordnung in den Zimmern 139

Ski wachsen..143

Selbstgebrannt 147

Polizei-Kontrolle –das Beste kommt zum Schluss
....149

Rom...157

Diano Marina...................................167

Sizilien...171

Hotelzimmer....................................175

Ischia..179

Erlebnisse in Italien.......................181

Nebenbei mitbekommen 187

Vereinsreise nach Hamburg............189

Von allen Seiten..............................195

Schlußwort 197

Vorwort

Zur Erinnerung an meinen geliebten Ehemann Elias, der im März 2016 unerwartet zu einer neuen Reise aufgebrochen ist.

Elias hatte mir sehr oft von seinen Erlebnissen während der Busreisen erzählt, da ich nicht bei allen Reisen mitfahren konnte. Irgendwann fasste ich den Entschluss, diese schönen Erinnerungen aufzuschreiben. Der Einfachheit halber habe ich die Form gewählt, als hätte Elias selbst das Buch geschrieben.

Die nachstehenden Geschichten habe ich getreu den Erzählungen von Elias niedergeschrieben. Ich hoffe, dass ich seinen empfundenen Spaß in richtige Worte gefasst habe, um ihn so lustig weiterzugeben wie Elias es erlebt hatte.

Leider hatte ich es nicht geschafft, dieses Buch früher fertig zu stellen, sodass Elias sein Buch nicht mehr in Händen halten konnte.

Conny Nees

Der Anfang

Alles begann im Jahr 1978. Als junger Mann hatte ich meine Berufsausbildung abgeschlossen und geplant, weiter zu lernen um die Meisterprüfung im ausgeübten Beruf abzulegen. Das war mein Plan, aber Pläne ändern sich bekanntlicherweise manchmal. So auch bei mir. Ich ließ mich mehr oder weniger dazu überreden, einen ganz anderen Weg einzuschlagen und Busfahrer zu werden.

Das hieß für mich: nochmal neu anfangen. In gewisser Weise reizte mich das aber auch, denn ich fuhr schon immer leidenschaftlich gerne, egal was. Angefangen wie fast jeder mit einer Seifenkiste, später Moped und heimlich mit dem Auto meines Vaters. Ich konnte es gar nicht erwarten, endlich 18 Jahre alt zu werden um ein Auto fahren zu dürfen. Wieso dann nicht auch Omnibus?

Wie jeder Berufsanfänger wurde ich zu den Anfangszeiten meiner Busfahrer-Laufbahn natürlich nicht sofort auf die großen Reisen eingesetzt, damit hatte ich auch gar nicht gerechnet. Ich sollte erst mal Routine mit dem Fahren eines Busses bekommen und nicht gleich überfordert werden. Deshalb fuhr ich zu Beginn nur Linie und Schule und wurde erst später zusätzlich auf Sonderfahrten eingesetzt. Das ist ja auch verständlich, denn man lernt zwar in der Fahrschule mit den größeren Ausmaßen eines Omnibusses umzugehen, aber mit Menschen umzugehen lernt man dort nicht. Und dies gehört nun einmal zum Busfahren dazu: die Fahrgäste.

Die Linienfahrten waren für mich sehr langweilig. Es war immer wieder die gleiche Strecke hin und zurück, da freute man sich dann schon mal über eine Baustelle die eine Umleitung erforderlich machte. Es ist vergleichbar mit der täglichen Fahrt zum Arbeitsplatz, da kennt man nach kurzer Zeit auch jedes Haus und jeden Baum an der Strecke. Die Fahrgäste wechselten auch nicht oft, zudem waren die Arbeiter und Schüler nach einem langen Tag müde und einsilbig.

Nur ein paar ältere Fahrgäste die mal eben zum Arztbesuch oder Einkaufsbummel in der Stadt waren, erzählten von ihren Erlebnissen.

So ergab es sich nach einiger Zeit, dass ich nur noch automatisch die Strecke abgefahren habe. Ich musste ja auch nicht besonders aufpassen, denn an den Haltestellen hat man die Fahrgäste gesehen und hat angehalten um diese einsteigen zu lassen. Und für den Ausstieg machten sich die Fahrgäste schon frühzeitig bemerkbar indem sie schon weit vor der Haltestelle vom Sitz aufgestanden sind und sich an die Tür begeben haben. Zudem kannte ich nach einiger Zeit sowieso die Fahrgäste und wusste schon auswendig wer wo aussteigen will.

Während der Sommermonate war es abends noch hell und unterwegs sah ich Kinder auf dem Gehsteig spielen oder Leute im Freien beim Bierchen sitzen, ich konnte Bekannte grüßen und in den Ortschaften doch einiges sehen. In den Wintermonaten, als es abends früh dunkel wurde, war es dann nur noch monoton. Alle waren schon zuhause in der warmen Stube, niemand hielt sich auf der

Straße auf. Es begegneten mir auch nicht viele Autos. Und ich drehte einsam meine Runden.

Mittlerweile hatte ich auch schon Verständnis für meine müden Fahrgäste, es erging mir abends auch nicht anders. Man war einfach müde vom langen Arbeitstag und wollte nur noch seine Ruhe haben. Deshalb schaltete ich im Innenraum des Busses während der Fahrt nur die grüne Nachtbeleuchtung ein. Zum einen damit meine Fahrgäste schon ein wenig dösen konnten und zum anderen weil sich die helle Beleuchtung in der Frontscheibe spiegelt und blendet.

Nun sollte man denken, Nacht ist Nacht und dunkel ist dunkel. Aber irgendwie gab es hellere Abende, wohl durch den Mond, und dunklere Abende, wenn der Himmel mit Wolken zugezogen war und es noch dazu regnete. Einen solchen Abend hatte ich auch erwischt, als ich mal wieder zur Linie eingeteilt war. Draußen war es stockfinster, der Regen prasselte auf die Windschutzscheibe und auf das Dach des Busses, die Scheibenwischer quälten sich, um dem Wasser Herr zu werden. Manche Fahrgäste stiegen durchnässt ein, nicht alle hatten einen schützenden Regenschirm dabei. Ich gebe zu, dass es auch ein wenig durch mich verursacht war. Denn durch den starken Regen war die Sicht sehr schlecht und ich musste deshalb langsamer fahren, wodurch die Linienrunde länger dauerte. Dafür hatte ich den Bus-Innenraum schön geheizt und die Fahrgäste konnten sich wieder aufwärmen und trocknen. Diese Regenfahrt war anstrengend und ich sehnte meinen Feierabend herbei. Nach 3 Stunden Linienrundfahrt war es endlich soweit. Ich fuhr von der letzten Haltestelle zurück zum Betriebshof. Das Tor der Omnibushalle war noch offen worüber ich mich freute, denn sonst wäre ich schon beim Öffnen des Tores total nass geworden. Aber so war es natürlich für mich ideal und ich konnte mit dem Bus direkt in die Halle reinfahren und den Bus dort abstellen. Und schon war es leise im Bus, jetzt wo der Regen nicht mehr auf das Busdach trommeln konnte.

Es war dunkel in der Omnibushalle, nur die Scheinwerfer des Busses strahlten ihr Licht nach vorne. Jetzt schnell alles fertigmachen und dann nichts wie nach Hause. Ich schaltete die grüne Innenbeleuchtung aus und dafür die helle Lampe über dem Fahrerplatz ein. Dann nahm ich die Tachoscheibe aus dem Tacho, um den End-Kilometerstand auf der Tachoscheibe einzutragen.

Als ich gerade die Zahlen aufschreiben wollte, tippte plötzlich von hinten aus dem Dunkel etwas auf meine Schulter. Ich kann gar nicht beschreiben wie sehr ich erschrocken war. Schließlich wähnte ich mich in einem leeren Bus. Vor Schreck schrie ich auf und ließ sofort alles fallen. Kugelschreiber und Tachoscheibe flogen durch die Luft und landeten auf dem Fußboden.

Ich schnellte herum als eine Stimme fragte: "wo sind wir denn"? Gleich darauf ging ein schallendes Gelächter los, wohl wegen meiner verschreckten Reaktion. Ich muss einen sehr interessanten Gesichtsausdruck gehabt haben.

Hinter mir stand ein junger Mann, den ich als Fahrgast kannte. Ich fragte ihn ganz verdutzt, wo er herkäme. Darauf erzählte er mir, er hatte sich nach dem Einsteigen in eine der hinteren Reihen gesetzt und war eingeschlafen. Anscheinend war er im Sitz auf die Seite gerutscht, sodass ich ihn im Spiegel nicht mehr sehen konnte. Als der Bus sich nicht mehr bewegte und die Geräusche des Motors und des Regens nicht mehr zu hören waren wurde er erst wieder wach. Seine Ausstiegs-Haltestelle hatte er total verschlafen.

Wir amüsierten uns noch eine Weile über diese lustige Situation. Dann einigten wir uns darauf, dass er mich nicht mehr so erschrecken würde und dafür wurde er von mir mit meinem Pkw nach Hause gefahren.

Schwimmen macht durstig

Nach und nach kamen dann auch kurze Ausflüge dazu, wie Vereine zu einem Fest fahren und ähnliches.

Besonders gerne fuhr ich immer zu einem etwa 30 km entfernten Thermalbad, denn ich schwimme gerne. Diese Fahrten wurden einmal in der Woche durchgeführt und es nahmen überwiegend ältere Personen teil, die etwas für ihre Gesundheit tun wollten. Wobei natürlich außer der Unterstützung für die Gesundheit noch vieles andere dort unternommen werden konnte. Denn es war ein schönes gemütliches Städtchen mit Kurpark, vielen Cafes, schönen Geschäften und Boutiquen, richtig nett zum Bummeln.

Die Fahrt begann erst am späten Nachmittag, damit viele Interessierte daran teilnehmen konnten. Trotzdem waren kaum Kinder oder Schüler dabei, vielleicht auch weil im Thermalbad nicht herumgetobt werden durfte. Das Bad gehörte zu einer Kurstadt und dort wurde auf Ruhe für die Kurgäste geachtet. Aber da ja in verschiedenen Ortschaften Zustieg möglich war, fanden sich immer genügend Interessierte zusammen.

So fuhr ich also überwiegend ältere Herrschaften zum Schwimmen, es waren fast immer die gleichen. Im Bus hatte ich dann schon mehr Unterhaltung als bei den eintönigen Linienfahrten.

Am Thermalbad angekommen vereinbarten wir die Rückfahrzeit für 2 Stunden später. Wer wollte konnte durch die noch offenen Geschäfte bummeln oder im Kurpark spazieren gehen. Dies wurde aber nur selten genutzt, meistens gingen die Fahrgäste direkt in das Thermalbad. Dort verteilte sich die Gruppe auf die verschiedenen Schwimmbecken. Denn außer dem normalen Schwimmbecken gab es noch 2 kleinere, in denen Kurse für Wasser-Gymnastik, usw. angeboten wurden.

2 Stunden später trafen sich dann wieder alle Fahrgäste am Bus für die Rückfahrt.

Das Thermalbad war nur auf den Kur-Betrieb ausgerichtet und verfügte nicht über eine Cafeteria oder ähnliches wie es in vielen normalen Schwimmbädern üblich ist. Es war nicht möglich, im Thermalbad ein Getränk zu erhalten, da es auch keinen Getränke-Automaten gab.

Gleich bei der ersten Rückfahrt fragten mich einige Fahrgäste, ob ich im Bus Getränke dabei hätte. Darauf war ich gar nicht eingestellt, ich war ja auch das erste mal dort und kannte das Bad vorher nicht. Aber das war kein Problem, ich kaufte Getränke und war ab der zweiten Fahrt gerüstet. Ich hatte ein paar Wasser, Cola und auch Bier dabei. Damit konnte ich die Fahrgäste versorgen, worüber sich diese freuten.

Nachdem es sich meistens um die gleichen Fahrgäste handelte kannten wir uns nach ein paar Fahrten schon und wir unterhielten uns dann auch ganz lustig unterwegs.

Bei einer dieser Fahrten kam während der Heimfahrt eine ältere Frau nach vorne zu mir und wollte gerne ein Bier haben. Ich gab ihr die Flasche Bier und fragte aus Spaß, ob sie einen Strohhalm dazu haben möchte, ich hätte keine Trinkbecher. Darauf sagte sie gleich: "ja, das ist eine gute Idee".

Ich klärte es auf, dass ich nur einen Scherz gemacht hatte, dass man Bier ja nicht mit dem Strohhalm trinkt. Aber sie war von der Idee ganz begeistert und nahm sich einen Strohhalm mit.

Die Fahrt dauerte noch über eine halbe Stunde bis zum Heimatort, da ja vorher noch die Fahrgäste aus den Nachbarorten aussteigen wollten.

Mittlerweile war es auch dunkel geworden, es war in der Winterzeit.

Damit sich meine Fahrgäste nach der wahrscheinlich ungewohnten sportlichen Betätigung ein wenig ausruhen konnten schaltete ich nur die grüne Nachtbeleuchtung für den Fahrgastraum ein und drehte die Musik leise.

Als ich gerade in den ersten Wohnort der Fahrgäste fuhr gab es im Bus einen dumpfen Knall. Natürlich war ich sehr erschrocken weil ich dachte am Bus wäre etwas kaputt gegangen. Sofort schaltete ich die Warnblinker ein und hielt den Bus am Straßenrand an. Ich schaltete das helle Innen-Licht ein, drehte mich vom Fahrersitz um und wollte aufstehen, um nachzusehen was kaputt war.

Da sah ich, dass neben mir im Gang des Busses zwischen den Fahrgastsitzen jemand auf dem Boden lag.

Im Nachhinein bin ich sehr froh, dass sich meine Gedanken schon mit technischen Defekten beschäftigt hatten, sonst hätte ich lauthals losgelacht.

Eine Hand ragte nach oben und hielt eine Bierflasche in die Luft.

Kurz darauf bewegte sich der Kopf nach oben zu mir und ich erkannte die ältere Frau die sich das Bier geholt hatte. Sie war der Länge nach in den Gang gefallen. Jetzt lag sie auf dem Bauch und hielt die leere Bierflasche in der Hand hoch. Diese wollte sie eigentlich neben dem Fahrersitz in den Abfallbehälter werfen, aber bis dahin hatte sie es nicht geschafft.

Nachdem ich mit Unterstützung anderer Fahrgäste der Frau wieder auf die Beine geholfen hatte gab sie mir die Flasche zurück mit der Bemerkung, dass sie das nächste Bier wohl lieber ohne Strohhalm trinken werde.

Die Wirkung des Alkohols war durch den Strohhalm anscheinend so sehr verstärkt worden, dass die Frau einen Schwips bekommen hatte.

Aber es war ihr zum Glück nichts passiert und sie musste auch herzhaft lachen.

Unruhe im Schulbus

Die Schulkinder haben sich immer sehr gefreut wenn ich den Schulbus gefahren habe. Wir sind sehr gut miteinander zurechtgekommen, obwohl ich manchmal auch streng mit ihnen sein musste. Aber das war ich ohnehin nur aus Sicherheitsgründen, da wurde dann ab und zu ermahnt dass sie sich auf den Sitz setzen sollten und nicht im Gang rumspringen. Die Kinder haben das akzeptiert und mir nicht nachgetragen.

Durch unsere gute Stimmung im Schulbus kam es dann auch, dass die Kinder mir von der Schule erzählten und mich am Unterricht teilhaben ließen. Sie erzählten mir was sie gelernt hatten, zeigten mir ihre selbst gemalten Bilder oder ihre Noten und haben mir vorgesungen. Ich genoss auch eine Art Vertrauensstellung und wurde in Geheimnisse und Sorgen eingeweiht.

Eines Tages sollten die Kinder ihre Haustiere mitbringen in die Grundschule für den Unterricht. Sie waren alle ganz aufgeregt mit ihren Kartons unter dem Arm und schnatterten auf dem ganzen Weg zur Schule unentwegt über ihre Tiere. Morgens bei der Hinfahrt zur Schule war der Zeitplan allerdings zu eng, sodass sie mir ihre Haustiere nicht zeigen konnten. Dies holten wir dann mittags bei der Heimfahrt nach.

So wurden alle Gläser aus den Schultaschen gekramt und alle Schuhkartons geöffnet, weil ich jedes einzelne Tier begutachten sollte. Ich bekam viele verschiedene Tiere zu sehen: Ameisen, Fliegen, Frösche, Bienen, Würmer, usw.

Der zahmen Ratte "Schorschi" hatte es wohl gar nicht im Schuhkarton gefallen, denn sie nutzte sogleich den Moment, um sich aus dem Staub zu machen. Sie flitzte unter den Sitzen durch nach hinten im Bus. Da ging das Geschrei auch schon los.

Die Mädchen wollten mit der Ratte nicht in Berührung kommen und sprangen auf die Sitze. Dies machte die Suche unter den Sitzen ein bisschen übersichtlicher, denn nun blieben nur die Buben-Füße auf dem Boden.

Fleißig halfen die Buben mit und krochen unter den Sitzen durch, um "Schorschi" zu fangen.

Dass Ratten schlaue Tiere sind hätte ich in diesem Moment voll bestätigt. Denn kaum kam einer von uns der Ratte zu nahe, da änderte sie die Richtung und rannte wieder weg. Nur durch eine Einkreis-Taktik gelang es uns nach einiger Zeit, die Ratte zu erwischen.

Gemeinsam hatten wir es endlich geschafft und sperrten "Schorschi" wieder in seinen Schuhkarton. Nun konnte der Heimweg beginnen.

Was keiner der Schulkinder und auch ich nicht bemerkt hatte: die Aufregung um "Schorschi" hatte eines der Meerschweinchen ausgenutzt um aus seiner Kiste zu fliehen. Es hatte sich aber so gut im Bus versteckt dass es niemand von uns gesehen hat. Es befanden sich noch zwei weitere Meerschweinchen im Karton und dadurch ist es anscheinend dem Kind auch nicht aufgefallen, die Geräusche haben wohl gestimmt.

Nachdem alle Kinder an den verschiedenen Haltestellen ausgestiegen waren fuhr ich zurück zum Betriebshof und stellte den Bus in die Omnibushalle.

Kurze Zeit später rief eine Mutter im Büro an und gab die Vermisstenanzeige für das Meerschweinchen durch. Dieses hatte sich zum Glück noch nicht auf Entdeckungstour in die Omnibushalle begeben und konnte im Bus eingefangen werden. "Schwein" gehabt!

Aus der Vergangenheit

Die Geschichte mit den Tieren der Schulkinder erinnerte mich unweigerlich an meine eigene Schulzeit.

Als ich noch ein kleiner Bub war hatte ich auch an allem Interesse. So kam ich denn auch zu ein paar weißen Mäusen, denen ich immer ganz gebannt zuschaute was sie so in ihrer Kiste machten.

Natürlich wollte ich auch meinen Schulkameraden die Tierchen zeigen. Deshalb setzte ich sie eines Morgens in einen Vogelkäfig und lief damit zur Schule. Hier zeigte ich ganz stolz meinen Freunden die weißen Mäuse und erschreckte die Mädchen.

Als der Unterricht begann versteckte ich den Vogelkäfig, denn zu den früheren Zeiten waren die Lehrer noch nicht so aufgeschlossen wie in den achtziger Jahren. Es herrschte noch Strenge und Ordnung. Was ich damals noch nicht wusste: die Mäuse können sich ganz klein machen wenn sie irgendwo durchkriechen wollen.

Und obwohl mir der Vogelkäfig als sicherer Aufbewahrungsort erschienen war, waren nach dem Unterricht alle Mäuse weg. Sie hatten sich auf den Weg gemacht um ihre Umgebung zu erkunden.

Leider habe ich nicht mitbekommen, wen meine Mäuse damals alle erschreckt hatten, denn ich habe keine einzige davon wiedergefunden.

Vergangenheit und Gegenwart hatten vieles gemeinsam. Aber verraten habe ich den Schülern nie von meinen Streichen, ich wollte sie ja nicht noch auf neue Ideen bringen.

Schul-Uhr

Zu meiner Schulzeit gab es noch nicht so viel Autover-
kehr und damit Geräusche um das Schulhaus. Die Schule
lag zudem auf einer Anhöhe in unserem kleinen Ort,
sodass wir in den Klassenzimmern die Kirchturm-Uhr
hören konnten wenn sie schlug.

Deshalb merkten wir sehr schnell, dass in unserer Schule
die Uhr nicht richtig funktionierte. Unsere Schul-Uhr ging
nach! Dadurch wurden die Pausen später eingeläutet
und der Unterrichts-Schluss auch. Aber da der Unterricht
auch später begonnen hatte nach der Schul-Uhr glich
sich die Zeit ja logischerweise wieder aus.

Es hätte eigentlich niemanden stören müssen! Aber ich
war ein Lausbub, ich dachte damals ganz anders.

Aus einem mir heute nicht mehr nachvollziehbaren
Grund nahm ich damals einen Wecker von zuhause mit in
die Schule. Dieser Wecker war genau auf die Kirchturm-
Uhr und das Radio eingestellt, ging also ganz genau. Ich
stellte die Weck-Zeit ein auf die Zeit des Unterrichts-
Endes.

Die letzte Stunde sollte uns eine Lehrerin unterrichten
vor der wir Kinder keine Angst hatten. Da sollte der Wecker dann pünktlich klingeln. Aber es kam alles anders!

Denn vor Schulschluss hatten wir die letzte Unterrichts-
Stunde bei unserem sehr strengen Schul-Rektor. Dieser
kam als Vertretung für die kranke Lehrerin. Er machte es

sich leicht und las uns aus der Bibel vor. Die Bibel interessierte uns Kinder überhaupt nicht. Aber wir durften nichts sagen und deshalb war es im Klassenzimmer mucksmäuschenstill. Als der Rektor beim Vorlesen eine kurze Pause einlegte, da tickte mein Wecker ganz laut (die alten Aufzieh-Wecker konnte man noch genau ticken hören).

(Foto: Micheal Mertes / PIXELIO)

Der Rektor ortete das Geräusch und ließ mich den Wecker unter der Bank hervorholen.

Natürlich durchschaute der Rektor gleich meinen Plan. Die ganze Klasse lachte darüber. Das hat ihm gar nicht gefallen und ich bekam drei Seiten Strafarbeit auf.

Naja, ich war nicht der bravste und habe auch nicht immer gefolgt. Ich ging mittags lieber spielen. Wahrscheinlich hatte ich beim Spielen doch tatsächlich vergessen, die Strafarbeit zu schreiben. Natürlich hatte ich sie am nächsten Tag in der Schule nicht dabei. Und auch an den Tagen darauf hatte ich sie nicht dabei.

Aber der Rektor forderte mich jeden Tag erneut auf, die Strafarbeit abzugeben. Und weil ich sie nicht geschrieben hatte verdoppelte der Rektor jeden Tag die Strafe.

Ich schrieb sie trotzdem nicht.

Als die Strafarbeit durch die tägliche Verdoppelung bei 384 Seiten angelangt war gab mir der Rektor eine letzte Chance: ich sollte bis zum nächsten Tag 400 Seiten Strafarbeit schreiben und morgens bei ihm abliefern ansonsten würde ich eine härtere Strafe erhalten.

Die Vorgabe war nun, dass auf jedem der 400 Blätter draufstehen musste: "ich muss meine Hausaufgaben machen".

Heute kann ich es ja ungestraft sagen: meine Schwester und mein Bruder haben mir geholfen, die vielen Seiten zu schreiben. Wir saßen alle drei bis spät in die Nacht und haben die 400 Blätter beschrieben. Mehr oder weniger auch gekritzelt und bemalt, denn meine jüngeren Geschwister konnten noch nicht gut schreiben.

Es war ein dicker Stoß Papier, den ich am nächsten Morgen beim Rektor abgegeben hatte.

Ist zum Glück nicht aufgefallen, dass nicht alles meine Schrift war! Wahrscheinlich hatte der Rektor weder die Blätter angeschaut, noch gezählt. Es waren wohl einfach nur erzieherische Maßnahmen.

Pausenhof

Wohl alle Schulkinder freuen sich auf die Pause zwischen den Unterrichtsstunden. Endlich muss man nicht mehr still sitzen bleiben, sondern darf im Pausenhof rumtoben und spielen.

Zu meiner Schulzeit gab es noch keine Handys und Computerspiele. Wir benutzten sozusagen noch die primitiven Mittel zum Spielen. Mit viel Phantasie bastelten wir uns damals auch selbst Spielzeuge. Getestet wurden die selbstgebastelten Spielzeuge natürlich auch im Pausenhof, denn hier waren alle Freunde zusammen.

Eines Tages hatte ich mir Blaspfeile hergestellt: ich nahm Stecknadeln und band Wollfäden dran. Diese steckte ich dann einzeln in eine leere Hülle von einem Filzstift, sozusagen das Blasrohr. Damit blies ich dann die Stecknadeln einzeln ab an die Beine der Mitschüler und besonders Mitschülerinnen.

Die fliegenden Stecknadeln richteten keine großen Verletzungen an, sondern piksten nur. Und ich konnte gar nicht genug kriegen von den kreischenden Mädchen.

Nachdem ich mehrere Stecknadeln weggeblasen hatte drehte ich mich im Pausenhof um und wollte Nachschub holen.

In diesem Moment erhielt ich eine sehr heftige Ohrfeige!

Hinter mir hatte eine Lehrerin gestanden und muss mich beobachtet haben. Denn sie fragte erst gar nicht was ich gemacht habe, dafür hatte ich gleich ihre Hand mit voller Wucht an der Backe. Das hatte gesessen und sehr weh getan.

Von einer weiteren Strafe wurde abgesehen.

Bestrafung

Zu meiner Schulzeit gab es noch die Prügelstrafe, die von den Lehrern leider angewendet wurde. Das bekam auch ich zu spüren, da meine Phantasie mich immer wieder zu Streichen anleitete!

Während dem Unterricht musste mein neben mir sitzender Cousin aufstehen, um dem Lehrer Fragen zu beantworten. Als sich mein Cousin wieder hinsetzen wollte zog ich ihm schnell seinen Stuhl weg. Er fiel deshalb mit dem Hintern auf den Fußboden. Das war ja absolut harmlos und mein Cousin hatte sich nicht verletzt.

Sofort rief mich der Lehrer nach vorne. Ich musste mich vor die Tafel stellen und beide Hände nach vorne ausstrecken, mit den Handflächen nach oben. Der Lehrer holte einen dünnen Bambus-Stock aus dem Pult und haute mir mit dem Stock mit voller Wucht auf die Hände. Das tat sehr weh!

Ich weiß heute nicht mehr was für mich schlimmer war: die Schmerzen oder weil es mir peinlich war dass ich vor der ganzen Klasse gehauen wurde. Beides war schlimm genug für mich.

Auch ein paar meiner Klassenkameraden hatten schon mit dem Bambus-Stock Bekanntschaft gemacht und waren davon auch nicht begeistert. So beschlossen wir, dieser Bestrafung ein Ende zu setzen.

In geheimer Mission nutzten wir einen Moment aus, in dem wir alleine im Klassenzimmer waren. Wir holten den Bambus-Stock aus dem Lehrer-Pult und brachen ihn mehrmals durch. Danach haben wir ihn weggeworfen, natürlich außerhalb des Schulbereiches. Es sollte uns schließlich niemand auf die Schliche kommen.

Damals waren wir noch so naiv und haben gedacht, damit hätte sich das erledigt.

Irgendwann suchte der Lehrer mal wieder seinen Stock, weil er jemanden bestrafen wollte. Doch der Stock blieb verschwunden. Jeder aus unserem Geheimbund hielt dicht.

Leider hatten wir einen Streber in unserer Klasse, der nie solche Bestrafungen über sich ergehen lassen musste. Sein Vater hatte eine Fabrik im Ort, in der ärgerlicherweise Plastik-Artikel hergestellt wurden. Der Streber wollte sich mal wieder wichtig machen und brachte von zuhause einen Plastik-Stock mit. So was Blödes! Der Plastik-Stock tat noch viel mehr weh als der Bambus-Stock. Da hatten wir uns keinen Gefallen getan!

Selbst bestraft

Auch mit einem anderen Streich hatte ich mich selbst bestraft.

Der trockene Unterrichts-Stoff hat mich nie interessiert. Aber dafür Physik, Chemie und alles was mit Technik zu tun hatte.

Als ich mal wieder die Lehrer ärgern wollte bastelte ich einen Spezial-Stecker (um meine jugendlichen Leser nicht zur Nachahmung anzustiften werde ich hier keine Bastelanleitung nennen).

Am nächsten Schultag steckte ich morgens kurz vor Unterrichts-Beginn den Stecker in eine nicht gleich zu findende Steckdose in der Schule.

Damit verursachte ich einen Kurzschluss, der die gesamte Stromversorgung der Schule lahm legte.

Dies gab Unruhe und Verwirrung in der Schule und ich hatte meinen Spaß, ich freute mich im Stillen über das Chaos.

Aber nur bis unser Lehrer den Klassenraum betreten hatte. Denn er trug unter dem Arm zwei Filmrollen mit sich. Er erklärte uns, dass er uns eigentlich Industriefilme zeigen wollte, dies sei aber nicht möglich weil der Strom ausgefallen sei.

Da habe ich mich sehr über mich geärgert! Denn ausgerechnet die Vorführung von Industriefilmen hat mich immer sehr interessiert und mir riesigen Spaß gemacht. So was blödes aber auch!

Ich hatte mich selbst reingelegt und auch gleich dafür bestraft.

Die Industriefilme wurden für lange Zeit wieder irgendwo verstaut und ich bekam sie leider nie zu sehen.

Bubenstreiche

Aber nun wieder zurück aus der Vergangenheit in meinen Alltag als Busfahrer.

Die Schulkinder fuhr ich besonders gerne. Nicht nur weil mich das alles an meine Streiche erinnerte, sondern weil es im Schulbus immer Abwechslung gab. Die Kinder waren erfindungsreich und ließen sich auch dauernd was Neues einfallen.

Manchmal wurden im Schulbus die Mädchen von den Buben geärgert, wie es zwischen 6 und 10 Jahren so üblich ist.

Oft habe ich es am Fahrersitz gar nicht mitbekommen, es wurde mir von den Mädchen erst später erzählt. Aber einmal musste ich während einer Heimfahrt unterwegs stehenbleiben und vom Fahrersitz aufstehen, um einem Mädchen zu helfen.

Es war an einem Wintertag und alle Kinder waren in warme Anoraks eingepackt. Die meisten Kinder ließen die Jacken im Bus immer an, obwohl ich im Bus natürlich die Heizung eingeschaltet hatte. Aber trotzdem war es nicht übermäßig warm im Innenraum, da ja andauernd wieder die Bustüren geöffnet werden mussten zum Ein- und Ausstieg.

Viele der Anoraks hatten Schnüre mit denen man die Kapuze oder den unteren Saum zusammenbinden konnte.

Einer der älteren Buben hatte für die Schnüre ein neues Betätigungsfeld gefunden: er nahm die Schnüre von der Kapuze des vor ihm sitzenden Mädchens und band diese um die Kopfstütze des Sitzes. An der Rückseite des Sitzes verknotete er die Schnüre.

Die unteren Schnüre band er links und rechts am Sitzrahmen fest.

Weil ihm das noch nicht genug war nahm er die Schnürsenkel von den Schuhen des Mädchens und knotete auch noch die beiden Schuhe zusammen.

Das Mädchen war aus der ersten Schul-Klasse und fuhr erst seit ein paar Monaten im Schulbus mit. Es kannte sich mit den Bubenstreichen noch nicht aus und hatte die Aktion nicht bemerkt. Als das Mädchen kurz vor seiner Haltestelle aufstehen wollte kam es nicht aus dem Sitz raus. Es wusste gar nicht was los war, weil es nicht mehr aufstehen konnte. Zum Schrecken kam noch die Angst dazu, dass es seine Haltestelle verpasst, und da flossen die Tränen.

Die anderen Kinder riefen mich gleich, weil sie auch nicht wussten was los war. Als ich sah, wie das Mädchen im Anorak zappelte, konnte ich mir das Lachen nur unter großer Mühe verkneifen. Das durfte ich natürlich nicht zeigen, sonst hätten sich die Buben noch mehr solcher Streiche ausgedacht.

Das Mädchen konnte schnell befreit und beruhigt werden, es war nur ein harmloser Streich.

Zum Trost erhielt das Mädchen noch ein paar Bonbons von mir und konnte dann auch wieder lachen.

Vorsicht Schokolade

Die Kinder haben sich auch immer sehr gefreut wenn ich den Schulbus fuhr. Sie winkten und riefen mir schon von weitem zu. Auch tagsüber wenn sie irgendwo auf der Straße unterwegs waren oder irgendwo gespielt haben, sie winkten immer wenn ich mit dem Bus vorbeifuhr.

Sie erzählten mir auch ihre Sorgen von der Schule oder von zuhause, und ich gab ihnen Ratschläge so gut es ging (wenn die Kinder darunter litten weil sich ihre Eltern getrennt hatten konnte ich leider nicht viel helfen, nur trösten).

Wenn gar kein Trost half dann erzählte ich den jüngeren Kindern die Geschichte von den Fischstäbchen: "die Fischstäbchen leben im Meer und wälzen sich dort im Sand auf dem Meeresgrund, deshalb sind sie auch paniert. Gefangen werden sie nur im Winter wenn sie gefroren sind, dann können sie nicht so schnell davonschwimmen". Das heiterte die Kinder meistens auf und sie lachten wieder: "ach Eli, stimmt doch gar nicht."

Den großen Schülern in den höheren Klassen versuchte ich, Tipps für ihre Berufsausbildung und das Leben zu vermitteln.

Ich habe mich mit den Schülern aller Altersklassen so gut verstanden, dass sie extra für mich Bilder malten und Briefchen schrieben, Freundschaftsbändchen fertigten und mir kleine Geschenke mitbrachten.

Natürlich beschenkte ich die Kinder auch, sie bekamen ab und zu Bonbons, Lutscher oder Aufkleber von mir.

Als ich mal wieder Nachschub einkaufen wollte gab es im Supermarkt gerade ein Sonderangebot: Kartons mit fünfzig Schokoküssen (zu der damaligen Zeit nannte man sie Negerküsse). Es war Winter, also würde die Schokolade nicht so schnell schmelzen und schmieren. So kaufte ich drei Kartons.

(Bild: Dieter Schütz / PIXELIO)

Am nächsten Mittag bei der Heimfahrt verteilte ich die Schokoküsse an die Schulkinder, worüber diese sich riesig freuten.

Ausnahmsweise fuhr diesmal auch eine Lehrerin mit nach Hause, deren Auto morgens nicht angesprungen war. Sie bekam auch einen Schokokuss von mir.

Daraufhin wollte sie etwas Gutes tun und ging vor zu mir an das Mikrophon, um die Kinder zu ermahnen. Sie belehrte die Kinder, dass sie beim Essen aufpassen sollten damit die Schokolade nicht die Kleidung und die Sitze beschmutzt.

Ihren Schokokuss hatte die Lehrerin wohl vorher auf ihren Sitzplatz gestellt. Anscheinend war es ihr zu wackelig im fahrenden Bus auf dem Weg nach vorne, oder damit sie die Hände frei hat für das Mikrophon.

Nach der Ermahnung für die Kinder blieb sie noch eine Weile bei mir vorne im Bus stehen. Sie sagte zu mir, dass sie es ganz prima finden würde wie ich mich mit den Schulkindern verstehen würde. Dann erzählte sie mir noch von ihren Problemen, die sie manchmal mit den Kindern in der Schule hätte.

Nach einiger Zeit ging sie wieder zurück und setzte sich auf ihren Sitzplatz - und auf ihren Schokokuss, den sie wohl vergessen hatte!

Der Schokokuss war platt und klebte an ihrer Hose und am Sitzplatz. Soviel zum Thema: „nicht die Sitze und die Kleidung schmutzig machen!" Die Kinder lachten sehr. Ich konnte mir das Lachen nur mit Mühe verkneifen, ich durfte meine Freude ja nicht so offen zeigen. Die Lehrerin nahm es glücklicherweise gelassen hin, was blieb ihr auch anderes übrig.

Das zeigte mir, dass heute die Lehrer viel gelassener und den Schülern gegenüber aufgeschlossener sind als zu meiner Schulzeit.

Dusche im Bus

Sobald das Wetter im Frühjahr angenehm war, wurde von den Schulen ein Wandertag eingelegt. Wobei die Kinder nicht immer nur wanderten, sondern auch streckenweise mit dem Bus gefahren wurden. Sie liefen manchmal ein paar Kilometer und wurden vom Bus abgeholt. Im Bus wurde dann oft die mitgebrachte Vesper, Chips, Schokolade und die Getränke ausgepackt und während der Rückfahrt verzehrt. Es war schon manchmal erstaunlich, was die Kinder alles mitschleppten.

Bei einer dieser Rückfahrten packten auch wieder die Kinder ihre Wegzehrung aus. Ein Kind in der ersten Reihe hatte zum Trinken eine Plastikflasche mit Wasser dabei und öffnete diese. Das Kind hatte kaum den Deckel ab, als das Wasser aus der Flasche wie eine Fontäne rausspritzte. Die beiden Kinder in der ersten Reihe und auch ich auf dem Fahrersitz wurden regelrecht geduscht. Die Kinder jauchzten! Sie hatten ihren Spaß dabei und drückten gleich noch mal unten auf die Flasche um das Wasser raus zu spritzen.

In diesem Moment kam ein anderes Kind von hinten nach vorne, auch dieses Kind hatte eine Wasserflasche in der Hand. Es sah, dass wir alle drei nass waren. Natürlich fragte das Kind gleich was wir gemacht hätten, die Kinder wollten ja immer alles genau wissen und erklärt haben. Das war ganz normal.

Ich sagte, dass wahrscheinlich die Flasche zu sehr geschüttelt war durch die Wanderung und das ganze Wasser rausgespritzt sei.

So schnell konnte ich gar nicht reagieren wie der Junge seine Wasserflasche schüttelte und öffnete. Wieder Dusche! Er zeigte es auch gleich den anderen Kindern in den nächsten Reihen.

Da nahm ich aber schnell das Mikrophon und sagte den Kindern, dass sie die Flaschen ganz vorsichtig öffnen sollten. Denn weitere Duschen wollte ich nicht im Bus haben.

Betriebsbesichtigung

Die verschiedenen Grundschulen versuchten immer, in ihren Lehrplan für die Kinder interessante und lehrreiche Themen einzubauen. Aus diesem Grund wurden auch ab und zu verschiedene Firmen im Ort und den Nachbarorten besichtigt. Irgendwann war dann auch mal unser Busbetrieb dran. Schon tagelang vorher erzählten mir die Kinder im Schulbus, dass sie mit ihrer Klasse am Freitag kommen würden. Sie freuten sich schon darauf und fragten ob ich auch da bin. Da ich sehr gerne mit den Kindern zusammen war wollte ich die Besichtigung durchführen und plante schon im voraus was ich den Kindern zeigen wollte.

Als dann am Freitagvormittag die Schulklasse im Busbetrieb eintraf begannen wir mit der Besichtigung im Büro. Ich erklärte den Kindern, dass die Frauen im Büro von den Lehrern angerufen werden wenn ein Bus gebraucht wird und diese Frauen dann einem Fahrer Bescheid sagen und ihn mit dem Bus zur Schule schicken. Und sie arbeiten ein Angebot aus wenn ein Schul-Ausflug geplant ist, schreiben auch die Rechnungen und vieles mehr. Außerdem erzählte ich, dass dort ein Plan zusammengestellt wird auf dem draufsteht welcher Busfahrer welche Schulfahrt zu fahren hätte. Gleich kamen die Rückfragen: wer stellt den Plan zusammen. Ich zeigte ihnen die beiden Frauen, die für den Plan zuständig waren. Nun wurden die beiden Frauen von den Kindern belagert mit der Bitte, dass diese immer mich für ihre Schulklasse einteilen sollten. Erst nachdem die Frauen zugesichert hatten, dass sie mich so oft wie möglich für diese Schulklasse einteilen werden konnten wir die Besichtigung fortführen. Ich zeigte den Kindern als nächstes die vielen im Bus vergessenen Fundsachen und sagte, sie sollen immer im Busbetrieb nachfragen wenn sie etwas vergessen hätten. Und schon wurde eine Jacke und ein Sportbeutel wiedererkannt und von den Besitzern mitgenommen.

Danach ging ich mit den Schülern und dem Lehrer in die Halle, in der die Omnibusse stehen. In einem der Busse war gerade eine Putzfrau damit beschäftigt, den Bus für eine Sonderfahrt zu reinigen. Hier konnte ich die Kinder gleich darauf hinweisen, dass diese Frau manchmal sehr viel Schmutz wegmachen muss und dass sie sich freut wenn die Schüler den Bus nicht so sehr schmutzen machen. Man sollte ja die Gelegenheit nutzen wenn es sich anbietet.

Ich erklärte den Kindern, dass in dieser Halle die Busse überprüft werden damit unterwegs bei den Schulfahrten kein Unfall passiert und die Schüler sicher gefahren werden. Auch hier musste ich wieder viele Fragen beantworten, was genau überprüft wird und wie alles wo gemacht wird.

Dann durften die Kinder durch einen der Reisebusse laufen, die nicht für den Schulverkehr genommen wurden sondern nur für die Sonderfahrten. Hier staunten die Kinder über die schönen Sitze und die ganze besondere Ausstattung und wollten so einen schönen Bus nun auch für ihre Schulfahrten. Dieses Thema stellten wir aber noch zurück.

Zum Abschluss der Betriebsbesichtigung bekamen die Kinder noch ein kostenloses Getränk im Hof, das sie sofort trinken konnten. Dabei entdeckte eines der Kinder den kleinen Teich der sich neben der Omnibushalle befindet und wollte diesen natürlich auch besichtigen. Also stiefelte die ganze Schulklasse zum Teich. Es war gerade Frühjahr und im Teich befanden sich noch ganz viele kleine Fröschchen, die sich noch nicht auf den Weg gemacht hatten, ihr "Nest" zu verlassen. Sie hüpften kreuz und quer rum. Man konnte sie schön sehen, denn der Teich ist nicht tief. Auch ein paar der Fische waren zu sehen.

Die Kinder waren begeistert und wären gerne noch länger geblieben. Aber der Lehrer mahnte zum Aufbruch, sie müssten zu einer bestimmten Zeit wieder in der Schule sein. Widerwillig machte sich das Grüppchen auf den Weg.

An diesem Freitagnachmittag hatte ich noch einiges an einem Bus zu tun. Der Bus war für eine Sonderfahrt eingeplant, deshalb sollte ich den Bus noch abwaschen und tanken und einiges andere fertig machen. Ein Kollege von mir war auch noch mit einem anderen Bus beschäftigt. Als der Kollege fertig war ging er weg zum Umziehen. Gleich darauf kam er zurück und sagte: "Komm schnell Eli, das musst du dir anschauen!" Ich ging mit ihm und er zeigte mir was er meinte.

Was für ein Anblick! Mitten im Gartenteich stand ein Kind! Es hatte Gummistiefel an und eine Angel (natürlich keine richtige, nur eine Rute mit einer Schnur) in der Hand. Ich erkannte einen der Schulbuben von vormittags. Anscheinend hatten ihn die Fische auf die Idee gebracht, hier angeln zu gehen! Die Fische hatten Glück, dass der Angler rechtzeitig bemerkt wurde.

(Bild: Stefan Bayer / PIXELIO)

Treffen in der Grube

Heutzutage wird viel dafür getan, gesund zu leben.

Die Lebensmittel werden gezielt ausgewählt, manche Menschen kaufen nur noch „Bio-Waren" , manche leben sogar vegan um gesund zu bleiben. Luftverschmutzung wird verringert, Müll wird getrennt, und vieles mehr. Die meisten Menschen tun alles, um ungesunden Sachen aus dem Weg zu gehen.

Bei den Tieren scheint dies anders zu sein.

So konnte ich oft unterwegs beobachten, dass Rehe direkt neben der Autobahn standen und grasten, obwohl dahinter eine riesige Wiese war. Desgleichen sah ich auch schon eine große Menge frei hoppelnder Hasen neben der Autobahn. Das fand ich schon ungewöhnlich. Zumal uns doch jahrelang von den Medien eingetrichtert wurde, dass wir Menschen mit unseren Autos die Luft vergiften und die Wälder an den Autobahnen alle sauer wären mit kaputten Bäumen. Die kaputten Wälder stehen übrigens heute noch.

In der Omnibushalle sind verschiedene Gruben vorhanden. Sie sind etwa 1,70 Meter tief und an den Seiten gefliest. Eine Treppe mit Trittstufen aus Eisengittern führte runter. Über diesen Gruben wurden die Omnibusse abgestellt, so konnte man von unten besser an die verschiedenen Teile des Busses gelangen. In diese Gruben sind wir Fahrer jede Woche runtergestiegen, um die

Technik des Busses zu kontrollieren, Abschmierarbeiten zu erledigen und ähnliches. In einer dieser Gruben wird der Dreck vom Abwaschen der Omnibusse aufgefangen und dieser Schlamm wird dann von einem speziellen Entsorger abgepumpt sobald der Behälter voll ist. Auch in dieser Grube hatte ich regelmäßig zu tun, da die Busse auch ab und zu von unten abgedampft wurden.

Hier habe ich des öfteren Frösche und Kröten gefunden. Es handelte sich nicht um tote Tiere, nein! Sie waren quicklebendig und fühlten sich anscheinend in dem Schlamm wohl. Ich nahm jedes Mal die gefundene Kröte oder den Frosch vorsichtig und setzte ihn außerhalb der Omnibushalle in die Wiese. Es passierte auch, dass zwei Tage später das gleiche Tier wieder in der Grube war. Wie es reingekommen ist kann ich bis heute nicht erklären, ich weiß nicht ob sie so tief springen können. Den Tieren hat es in diesem Schmutz-Schlamm anscheinend besser gefallen als in der neben der Omnibushalle befindlichen Wiese mit Teich, angrenzendem Bach und Wald. Vielleicht fühlten sie sich in der Grube sicherer?

Für mich war es nicht immer sicher in der Grube. Denn einmal, während ich von der Grube aus am Bus arbeitete, hatte ein Kollege den Bus innen geputzt. Als er fertig war schüttete er den Eimer mit dem schmutzigen Putzwasser aus - und zwar in die Grube auf mich!

Verkehrserziehung

Die Kinder in Deutschland werden schon frühzeitig für den massiven Straßenverkehr geschult. Dies ist sehr gut, denn viele Autofahrer fahren gedankenlos, rücksichtslos und oft auch zu schnell durch Ortschaften ohne daran zu denken, dass plötzlich ein Kind auf die Fahrbahn rennen kann. Schon zu oft kam dann die Reaktion des Autofahrers zu spät.

Deshalb ist es gut, wenn auch die Kinder die Gefahren des Straßenverkehrs kennen und wissen, dass sie selbst aufpassen müssen.

Die Polizei bildete die Schüler jedes Jahr in einem speziellen Verkehrsgarten aus. Hierbei erhielten die Grundschüler nach einer Prüfung ihren Fahrrad-Führerschein.

Da auch mir die Sicherheit der Kinder sehr am Herzen lag habe ich versucht, für alle Haltestellen der Grundschüler die sogenannte Haltestellen-Aufsicht ins Leben zu rufen. Dies ist eine erwachsene Person (meist ein Elternteil der Schüler), die morgens mit Warnweste an der Haltestelle die Grundschüler beaufsichtigte und wartete bis der Schulbus die Kinder eingeladen hatte. Denn oft befanden sich die Schulbus-Haltestellen direkt an den stark befahrenen Hauptstraßen, beleuchtet waren auch nicht alle. Dann kam noch dazu, dass an manchen Haltestellen sehr viele Kinder eingestiegen sind und die Haltestelle gar nicht so groß gebaut war für die vielen Kinder. Sie standen dann auch neben den Haltestellen auf den Gehsteigen. Und gerade im Winter waren die kleinen Knirpse von weitem gar nicht zu sehen. Und da Kinder ja nicht still stehen war es einfach zu gefährlich, dass beim Spielen ein Kind vor ein Auto kommen könnte.

Dies wurde von beiden Seiten (Eltern und Kindern) sehr gut aufgenommen und wird in einem Ort bis heute noch praktiziert.

Leider ist es an anderen Haltestellen mangels Interesse der Eltern wieder eingeschlafen.

Außerdem wurde auf meine Anregung hin jedes Jahr für die Grundschüler eine Schulung direkt am Bus durchgeführt. In Absprache mit den Grundschulen vereinbarten wir Termine im Sommer bei warmen Temperaturen, denn es spielte sich alles im Freien ab (der Bus passte nicht in die Schule).

Manchmal wurde ich von der Polizei dabei unterstützt, manchmal führte ich es alleine vor.

So fuhr ich mit dem Bus vor die Schule und stellte ihn an der Schulbus-Haltestelle ab. Zuerst markierte ich mit einem Seil den sogenannten "toten Winkel". Dann durften sich die Kinder abwechselnd in den "toten Winkel" stellen und in den Bus auf den Fahrerplatz setzen. Dadurch konnten die Kinder dann selbst sehen, dass der Busfahrer nicht alle Stellen vom Fahrerplatz aus einsehen kann und wussten nun, wo sie sich nicht aufhalten sollten am Bus. So konnten sie auch verstehen, dass es sehr gefährlich ist wenn sie direkt vor dem Bus über die Straße laufen würden.

Nach einigen anderen Hinweisen erklärte ich ihnen auch noch, dass es sehr gefährlich wäre und sehr weh tun würde wenn sie unter das Rad des Busses kommen würden, weil der Bus sehr schwer ist. Ich wies sie darauf hin, dass sie an der Haltestelle nie zu nahe an den Bordstein gehen sollten weil schon Kinder von hinten gestoßen wurden und vor den Bus gefallen sind, der sie dann überrollt hat. Um die Gefährlichkeit besser darzustellen hatte ich 50-Liter Plastikkanister dabei, die mit Wasser gefüllt waren. Ich erklärte den Kindern, dass dieser Wasserkanister sehr stabil ist und sogar mehr wiegt als jedes einzelne Kind selbst. Sie sollten mal aufpassen was mit diesem Kanister passieren würde wenn ich mit dem Rad drüberfahre. Danach fuhr ich den Bus auf eine kleine Rampe und legte hinter die Rampe den mit Wasser gefüllten Kanister.

Die Kinder wurden von den Lehrern in sicherem Abstand zum Bus gehalten.

So fuhr ich den Bus langsam von der Rampe auf den Plastik-Kanister. Als der Reifen direkt auf dem Kanister war wurde durch das Gewicht des Busses der Kanister zerdrückt. Er platzte und das Wasser spritzte mehrere Meter weit.

Die Kinder waren ja weit genug weg und wurden nicht nass. Aber die neugierigen Erwachsenen bekamen einen Wasserschwall ab.

Ich hätte zwar davor warnen können, das muss ich wohl vergessen haben. Denn es machte mir jedes Jahr erneut Spaß, die Erwachsenen nass zu spritzen.

Hitzefrei

An einem Sommertag war es so sehr heiß, dass die Schulen schon vorzeitig nach nur vier Schulstunden den Unterricht beendeten und die Kinder hatten hitzefrei. Bei der Heimfahrt wurden schon eifrig Verabredungen für den Schwimmbad-Besuch getroffen. Die Kinder wollten an diesem Tag ungewöhnlich schnell nach Hause, bei diesem heißen Wetter hatten sie wohl viele Pläne für ihre Freizeit.

Der Platz in der Omnibushalle war noch nicht frei, deshalb stellte ich den Bus im Hof in der Sonne ab und bat einen Kollegen, den Bus später in die Halle zu fahren. Denn ich hatte an diesem Nachmittag einen Arzttermin und noch einiges zu erledigen.

Als ich am nächsten Morgen in den Bus einstieg blieb mir die Luft weg. Mir wurde fast schlecht von dem furchtbaren Gestank der im Bus war.

Gleich kam mir der Gedanke, dass ein Kind seine Notdurft verrichtet hatte oder sich erbrechen musste im Bus. Aber solche Situationen waren sehr selten und außerdem sagten mir die Kinder immer rechtzeitig Bescheid damit ich den Bus anhalten konnte. Es war also sehr unwahrscheinlich. Aber wieso stank es so fürchterlich?

So machte ich mich auf die Suche nach der Quelle des Gestankes. Ich musste nur der Nase nachgehen wo der Gestank am intensivsten war. Und da fand ich dann des

Rätsels Lösung: am Vortag musste wohl ein Kind sein Pausenbrot im Bus liegengelassen haben. Als Auflage war ein stark riechender Käse auf dem Brot, der hatte anscheinend durch die Hitze sein Aroma zu sehr entfaltet.

Ich war überzeugt dass solche Fundsachen nicht vom Besitzer zurückgewünscht werden und habe das Brot schnellstens in den Müll befördert.

Was so alles verloren geht

Haltestellen üben anscheinend eine magische Anziehung auf die im Bus befindlichen Fahrgäste aus. Denn egal ob bei den Schulfahrten oder bei den Linienfahrten: sobald die Haltestelle in Sicht kam sprangen manche Fahrgäste vom Sitz auf und eilten zur Tür um auszusteigen.

Bei ihrem fluchtartigen Ausstieg hatten einige Fahrgäste alles stehen- und liegengelassen, Erwachsene und Kinder gleichermaßen. Fußkranke hatten ihren Gehstock vergessen, ohne den sie kaum laufen konnten. Regenschirme blieben grundsätzlich im Bus sobald es draußen nicht mehr tröpfelte. Selbst Tüten mit Lebensmitteln , die extra noch schnell eingekauft wurden fürs Abendessen. Ganz unerklärlich war, dass von den Erwachsenen manchmal einzelne Schuhe im Bus lagen, oder auch mal ein BH. Von den Schülern wurden gerne Schals, Mützen, Jacken liegengelassen. Auch öfters mal ein Schulranzen oder der Turnbeutel. Wobei es auf dem Weg zur Schule durchaus auch Absicht gewesen sein kann, um beim Unterricht eine Ausrede zu haben.

Spätestens bei Dienstende am Abend schauten wir Busfahrer noch mal durch den Bus und sammelten liegengebliebene Sachen ein.

Die Fundsachen wurden von allen Busfahrern im Büro abgegeben, wo sie dann von den Besitzern wieder abgeholt werden konnten.

An einem sonnigen Nachmittag fuhr ich eine Gruppe von Senioren spazieren. Es waren überwiegend ältere Herrschaften, die beim Ein- und Aussteigen meine Hilfe gerne in Anspruch nahmen.

Wir fuhren in ein etwa eine Stunde entferntes Städtchen, wo die Gruppe eine Sehenswürdigkeit besichtigen wollte und anschließend noch zum Kaffeetrinken einkehrte. Da viele der Senioren nicht mehr gut laufen konnten wurde von dem Seniorenclub extra nur ein kleiner Ausflug unternommen.

Vom Cafe aus fuhren wir dann gegen Abend auf direktem Weg ohne Zwischenstop wieder zurück.

Nachdem ich den Senioren wieder beim Aussteigen geholfen hatte schaute ich gleich im Bus nach ob jemand etwas liegengelassen hat. Zwar verabschiedete ich immer jede Gruppe über Mikrophon und wies dabei auch noch mal darauf hin, dass sie nachschauen sollten ob sie alle ihre Sachen beim Aussteigen dabei haben. Aber wie schon gesagt: die hypnotisierenden Haltestellen übten eine stärkere Wirkung aus als mein Gerede. Naja, wer hört auch schon einem Busfahrer zu wenn die Fahrt zu Ende ist?

An diesem Abend war allerdings nichts im Bus liegengeblieben. So konnte ich zurückfahren zum Betriebshof und Feierabend machen.

Kaum war ich in der Omnibushalle angekommen, da klingelte das dortige Telefon. Es wurde mir mitgeteilt, dass ich noch einen Moment am Bus warten sollte. Es käme gleich jemand von der Seniorengruppe vorbei, der im Bus etwas vergessen hätte.

Ich wies zwar darauf hin, dass ich im Bus keine vergessenen Gegenstände gefunden hatte, aber der Anrufer von den Senioren war nicht mehr in der anderen Leitung. So musste ich warten und schaute in der Zwischenzeit noch mal den Bus besonders gründlich durch. Aber ich konnte nichts finden.

Entweder war der Gegenstand im Cafe vergessen worden oder der Kunde hatte das Teil unterwegs auf dem Weg verloren. Das kam auch oft vor, aber die Kunden suchten natürlich zuerst da, wo sie am einfachsten und schnellsten nachschauen konnten. Ist ja verständlich.

Es dauerte zum Glück nicht lange bis ein Auto auf den Betriebshof fuhr. Eine ältere Frau aus der Seniorengruppe stieg aus, die wohl von ihrer Enkelin gefahren wurde.

Der älteren Frau war die Angelegenheit sichtlich peinlich, sie druckste rum und wusste nicht wie sie es mir sagen sollte.

Endlich fing sie an zu erzählen und hielt dabei dauernd ihre Hand vor ihren Mund: Sie sagte mir, dass es ihr sehr peinlich sei und sie mich deshalb nicht gleich beim Aussteigen angesprochen hatte. Ihr wäre ein furchtbares Missgeschick passiert. Bei der Heimfahrt wäre sie kurz vor ihrem Heimatort im Bus auf die Toilette gegangen. Da sie sich nicht auskannte mit dem System der Bustoiletten probierte sie die Druckknöpfe aus und schaute gleichzeitig in die Toilettenschüssel ob auch wirklich die

Spülung einschaltet. Dabei wäre ihr Gebiss in die Toilette gefallen und wurde weggespült.

Sie war natürlich ganz aufgeregt. Denn sie war der Meinung, dass bei den Bussen unterwegs auch der Toiletteninhalt auf die Straße läuft, so wie bei der Eisenbahn. Deshalb war sie sofort mit der Enkelin zu der bewussten Stelle gefahren und hatte ihr Gebiss gesucht, aber nicht gefunden.

Jetzt wollte sie von mir wissen ob die Möglichkeit besteht, dass das Gebiss irgendwo im Abfluss hängen geblieben sein könnte.

Ich konnte sie dahingehend beruhigen, dass der Toiletteninhalt nicht unterwegs auf die Straße fließt, sondern in einem separaten Tank gesammelt wird, der dann auf dem Betriebshof entleert wird. Das Gebiss musste sich also noch in der Toilette befinden.

Sie wusste ja nun auch, dass sie die letzte auf der Toilette war, denn sie benutzte die Toilette kurz vor dem Aussteigen.

So wickelte sie gleich ihren Ärmel hoch und griff beherzt in das Abflussloch in der Toilettenschüssel. Dort suchte sie mit ihrer Hand so lange den Inhalt ab bis sie ihr Gebiss gefunden hatte. Dann holte sie es freudestrahlend wieder raus.

Ich war nur froh, dass sie ihr Gebiss nicht gleich ausprobierte.

Falsch geschaut

Manche Fundgegenstände landeten erst gar nicht im Betriebshof, zur Freude des Büropersonals. Denn die Fundsachen beanspruchten zu manchen Zeiten einen enormen Platz und Arbeitsaufwand. Da waren alle froh wenn endlich die Besitzer ihre Sachen wieder abholten.

Einige Fahrgäste entlasteten die Sammelstelle, denn sie hatten ein anderes System gefunden um uns Busfahrer zu beschäftigen. Diese Beschäftigungstherapie wurde besonders beliebt bei den Reisen nach Österreich angewendet.

Bei diesen Reisen luden wir (es waren immer 2 Fahrer eingesetzt, die sich mit Fahren und Schlafen abgewechselt haben) abends an mehreren Haltestellen Fahrgäste ein, fuhren dann die Nacht durch bis nach Österreich, wo wir in mindestens 4 Ortschaften die Fahrgäste aussteigen ließen. In jeder Ortschaft wurden gleichzeitig wieder Fahrgäste eingeladen, die ihren 7-tägigen oder 14 tägigen Urlaub beendet hatten und nach Hause fahren wollten.

Da wir Fahrer uns beim besten Willen nicht merken konnten welche Koffer zu welchem Fahrgast gehörten, sagten uns die Kunden beim Ausstieg dann immer auf welcher Seite des Busses der Koffer eingeladen worden war und wie der Koffer aussieht. Dies erleichterte uns die Suche und wir haben immer die beschriebenen Koffer ausgeladen.

Einige Fahrgäste waren wohl morgens beim Aussteigen noch sehr müde. Denn ab und zu passierte es, dass ein Koffer als der eigene Koffer identifiziert und mitgenommen wurde ins Hotel, obwohl es gar nicht der eigene Koffer war.

Meistens wurde es bei einer der nächsten Ausladestellen in Österreich schon bemerkt, dass ein Koffer vertauscht war und der Tausch konnte mit einem Taxi wieder reguliert werden.

Einer der Urlauber hatte es allerdings ungünstiger getroffen. Er hatte beim Ausstieg in Österreich einen Koffer von einem Rückreisenden mitgenommen ins Hotel. Da er morgens nicht gleich ins Zimmer konnte, bemerkte er erst ein paar Stunden später, dass er nur schmutzige Wäsche im Koffer hat.

Da waren wir mit dem Bus schon längst wieder unterwegs Richtung Heimat, natürlich demzufolge mit seinem Koffer in dem sich die saubere Wäsche befand.

Wenigstens der Rückreisende, dem der Koffer gehörte, nahm es mit Humor. Er meinte, da brauche er zuhause nicht gleich seine schmutzige Wäsche waschen.

Koffer gekennzeichnet

Etwas komplizierter für uns Fahrer war es, wenn die Reise mit einem Doppelstockbus durchgeführt wurde. Denn dieser hatte nur einen Gepäckraum im Heck des Busses und dafür gab es nur einen Eingang, eine einzige Tür. So kletterte immer ein Fahrer in den Gepäckraum und reichte dem draußen stehenden Kollegen den beschriebenen Koffer raus.

Dadurch dass in jedem Ort ausgeladen und auch gleichzeitig wieder eingeladen wurde, war es unübersichtlicher als bei einem normalen Bus, aber kein Problem.

Manche Urlauber - die anscheinend oft verreisten - hatten sich etwas ausgedacht um ihren Koffer besser zu finden: sie hatten ihren Koffer gekennzeichnet mit einem Aufkleber, den sie schon von weitem identifizieren konnten.

So beschrieb mir ein älterer Herr beim Ausstieg, dass ihm ein dunkelblauer Schalen-Koffer mit einem runden gelben Aufkleber auf der Seite gehören würde.

Ich begann, den zu dieser Zeit fast vollen Gepäckraum auszuräumen. Als ich ein wenig Platz geschaffen hatte kletterte ich rein in den Gepäckraum und gab die vorderen Koffer raus an meinen Kollegen. Immer auf der Suche nach einem dunkelblauen Schalen-Koffer mit einem runden gelben Aufkleber.

Leider befand sich in der ersten Hälfte des Gepäckraums nicht der gesuchte Koffer.

Also schichtete ich die zweite Hälfte der Koffer im Gepäckraum um auf die frei gewordene Seite. Nachdem ich endlich auch den letzten Koffer in der Hand und umgeschichtet hatte stand fest: der gesuchte Koffer war nicht da. Trotzdem drehte ich noch mal alle Koffer um, ob der Aufkleber auf der anderen Seite war und ich ihn übersehen hätte. Aber ich konnte den Koffer nicht finden.

Völlig verschwitzt und fix und fertig kletterte ich wieder aus dem Gepäckraum des Busses.

Nun beriet ich mich mit meinem Kollegen, wo der Koffer ausgeladen worden sein könnte. Wir hatten vorher nur an zwei Hotels angehalten und überlegten nochmal, welche Koffer wir den Reisenden ausgehändigt hatten. Aber wir waren uns beide sicher, dass wir nur andere Koffer ausgeladen hatten.

Was sollten wir dem alten Mann sagen? Wie sollten wir erklären, dass sein Koffer verlorengegangen ist?

Der ältere Herr, der mittlerweile aus dem Bus-Innenraum seine Jacke und seinen Hut geholt hatte, kam wieder zu uns.

Nun mussten wir ihm schonend beibringen, dass sein Koffer nicht mehr da war.

Er wollte es uns nicht glauben. Aufgeregt rannte er hin und her, dann schaute er selbst nach den noch vor dem Bus stehenden Koffern, die wir noch nicht wieder eingeladen hatten.

Auf einmal ruft er: "da ist doch mein Koffer, da steht auch mein Name drauf"!

Wir trauten unseren Augen nicht: der dunkelblaue Koffer mit einem runden gelben Aufkleber hatte sich verwandelt in einen hellgrauen Koffer, natürlich ohne Aufkleber.

Kann schon sein, dass dieser Herr einen dunkelblauen Koffer mit gelbem Aufkleber besitzt, dabei hatte er ihn an diesem Tag jedenfalls nicht.

Gestohlene Ski

Im Winter waren die Skireisen sehr beliebt und so beförderten wir nicht nur Koffer im Bus, sondern zusätzlich noch Skier. Diese wurden in einem separaten sogenannten Skikoffer aufbewahrt, der an das Heck des Busses angehängt wurde. Denn der Kofferraum war voller Koffer, da blieb kein Platz mehr für die Ski.

Eine Skiausrüstung kostete damals richtig viel Geld.

So wunderte ich mich nicht, dass viele Kunden aufpassten, damit beim Verladen keine Kratzer an ihre Ski drankommen konnten.

Obwohl ich das Verhalten der Skifahrer nicht ganz nachvollziehen konnte: wir Busfahrer wurden angehalten, keine Kratzer in die Ski zu machen, weil die Skier ja so wertvoll waren. Aber vor den Hütten im Skigebiet wurden die Ski unbeaufsichtigt einfach in den Schnee abgestellt während dem Einkehrschwung. Jede fremde Person hätte die kompletten Ski einfach mitnehmen können. Irgendwie unlogisch.

Nichtsdestotrotz verpackten die meisten Fahrgäste ihre Ski extra in einen separaten Skisack, um beim Transport Schäden zu vermeiden. Dies ist ein länglicher Stoff- oder Plastik-Beutel mit Reißverschluss und meist einem Werbeaufdruck.

An einem Abend beim Ausladen des Skigepäcks in Deutschland rannte ein Fahrgast ganz aufgeregt am Skikoffer hin und her. Er suchte seine Skier, fand sie aber nicht im Skikoffer. Mehrmals schaute er die noch vorhandenen Skier durch und versicherte uns, dass seine Skier morgens am Hotel eingeladen worden waren. Er hätte sie selbst zum Bus getragen und hätte es mit eigenen Augen gesehen, dass wir sie eingeladen hätten.

Da wir beim Ausladen der Skier das gleiche System anwandten wie bei den Koffern, und zwar zeigten die Kunden auf ihre Ski und wir luden sie dann aus, mussten wir annehmen dass ein anderer Urlauber die Ski verwechselt hatte und sich die falschen geben ließ.

So blieb uns nur die Möglichkeit, Name und die Telefonnummer des aufgeregten Kunden zu notieren und ihm zu versichern, dass unser Büro ihn sofort verständigen würde wenn der Irrtum von dem anderen Fahrgast bemerkt worden war. Sobald bekannt wäre, wer die Ski versehentlich mitgenommen hat, könne sicherlich ein Kontakt hergestellt werden, damit er wieder an seine Ski kommt.

Für meinen Kollegen und mich war es an diesem Abend nicht verwunderlich, dass an der letzten Ausladestelle ein Paar Ski übrig blieb. Wir wussten ja, dass irgendein Fahrgast die falschen Ski mitgenommen hatte und der andere Fahrgast dafür keine.

Natürlich meldeten wir den Vorfall nach unserer Rückkunft auch gleich im Büro und gaben den Skisack dort ab.

Nach ein paar Tagen stand das übrig gebliebene Paar Ski immer noch bei den Fundsachen.

Da ich mich als Fahrer auch dafür verantwortlich fühlte interessierte es mich, wieso die Ski noch nicht abgeholt worden waren. So wurde mir erzählt, dass sich noch niemand gemeldet hatte der die falschen Ski aus Versehen mitgenommen hatte. Vielleicht waren die Ski mitsamt Skisack gleich zuhause in den Keller gestellt worden. Es konnte also noch dauern bis sich die Verwechslung aufklären würde.

Nur der Kunde, der abends seine Ski vermisste, hätte schon mehrmals angerufen. Er war mittlerweile sehr böse und schimpfte immer mit den Büro-Angestellten. Zudem drohte er mit Rechtsanwalt und Schadenersatzforderungen. Dabei konnten die Büro-Angestellten doch auch nichts dazu.

Die übriggebliebenen Skier wurden nun aus dem Skisack ausgepackt, um nach einer Adresse zu suchen. Leider war keine Adresse vorhanden. Auf den Skiern war aber ein Aufkleber von einem österreichischen Sportgeschäft und Nummern aufgeklebt.

Wir wollten nichts unversucht lassen, um die Verwechslung aufzuklären.

Deshalb versuchten wir, über das Sportgeschäft zu ermitteln, an wen dieses die Ski verkauft hatte. Vielleicht hatten wir Glück und das Sportgeschäft hatte die Adresse vom Kunden notiert. Dann könnten wir diesen anrufen und den Austausch der Ski voranbringen.

Wir telefonierten also nach Österreich. Nach langem hin und her gelang es, am anderen Ende jemanden zu finden der Bescheid wusste. So baten wir den Mitarbeiter des Sportgeschäftes, uns die Adresse des Käufers mitzuteilen.

Der Mitarbeiter war zuerst irritiert, dann erklärte er uns, dass der Sachverhalt wohl ein wenig anders sei: die Skier mit aufgeklebten Nummern und Absender sind Leihski, die das Sportgeschäft gegen Gebühr an Skifahrer verleiht. Und die bei uns befindlichen Skier waren ebenfalls verliehen worden und wurden vor einigen Tagen als gestohlen gemeldet.

Der Ausleiher hatte sie im Hotel in den Skikeller gestellt und am nächsten Morgen waren sie weg und konnten auch nicht mehr gefunden werden.

Nun waren wir irritiert, das wurde ja immer seltsamer!

Wir versicherten dem Mitarbeiter des Sportgeschäfts, dass wir daran schuldlos waren und dass wir die Skier mit dem nächsten Bus wieder nach Österreich mitschicken würden. Er wollte bei der Polizei die Diebstahl-Anzeige rückgängig machen.

Wir waren noch mehr ratlos und konnten uns das alles gar nicht erklären. Und schon gar nicht, wie diese Leihski in unseren Bus gekommen waren.

Da das Sportgeschäft bei Ankunft des Busses in der Frühe noch geschlossen ist hatten wir vereinbart, dass wir die Skier am Hotel abgeben würden. Dies wollten wir nun auch noch dem Hotel mitteilen und außerdem, dass die als gestohlen gemeldete Skier bei uns sind.

Wir telefonierten also wieder mit Österreich und hatten zufällig die Chefin des Hotels am Apparat.

Und wegen dem guten Kontakt durch die langjährige Zusammenarbeit wurde ausführlich am Telefon geplaudert und die ganze Geschichte mit dem Sportgeschäft erzählt.

Als sie hörte, dass es erst jetzt entdeckt wurde weil die Skier in einem Skisack verpackt waren, fiel ihr etwas ein. Vom Personal hatte sie gehört, dass seit einigen Tagen im Skikeller ein Skisack mit Skiern steht und keiner der Hotelgäste wäre der Besitzer. Sie wunderten sich auch schon darüber und warteten darauf, dass sich der Besitzer melden würde. Sie sagte, wir sollten mal kurz warten, sie wolle schnell was nachschauen.

Kurz danach war sie wieder am Hörer. Sie beschrieb uns den Skisack. Wir verglichen ihn mit unserem Skisack, und tatsächlich: es war genau die gleiche Aufschrift!

Wir ließen uns noch die Marke der Ski aus diesem Skisack nennen und verabschiedeten uns. Jetzt wurde uns einiges klar.

Ein kurzer Blick in die Hotellisten und Kundendaten bestätigte unseren Verdacht: der Kunde, der seine Ski nicht im Skikoffer fand, hatte in diesem Hotel gewohnt und reiste genau an dem Tag ab, als die Leihski vermisst wurden.

Da er uns mehrmals sagte, er hätte ganz sicher die Ski im Hotel mitgenommen und hätte auch selbst gesehen dass die Ski in den Bus eingeladen wurden, war die Sache klar: er selbst hatte im Hotel anstatt seinen Skiern die falschen Skier - die Leihski - mitgenommen, dafür hatte er seine Ski im Hotel stehen lassen.

Nachdem uns dieser Zusammenhang klar geworden war, waren wir sehr erleichtert. Nun konnten wir den Kunden verständigen. Dafür erklärte sich sofort eine Kollegin bereit. Sie war es, die die meisten Beschimpfungen von dem Kunden über sich ergehen lassen musste.

Es war ihr ein besonderes Vergnügen, den Kunden über sein eigenes Missgeschick zu informieren. Für uns war das überaus lustig. Nicht so für den Besitzer der Ski, ihm war es sehr sehr peinlich.

Nicht vermisst

Aber nicht nur den Kunden passierten peinliche Missge-schicke, sondern auch Personen, die nachher davon überhaupt nichts mehr wissen wollten. Und es passieren manchmal Dinge, die gar nicht passieren dürften. So geschehen bei einer Reise nach Spanien.

Auch bei diesen Reisen waren immer zwei Busfahrer eingeteilt, die abwechselnd gefahren sind und geschlafen haben. Dies war auch bei diesen langen Strecken absolut notwendig. Trotzdem gab es zu dieser Zeit auch andere Busunternehmen, die nur einen Fahrer auf diese Strecke eingeteilt hatten, um Kosten zu sparen. Aber nicht bei uns, bei uns stand die Sicherheit im Vordergrund.

In Spanien kamen wir mit dem Bus vormittags an. Nach-dem alle Fahrgäste ausgestiegen waren blieb der Bus bis zur Rückreise am Abend stehen. Beide Fahrer konnten in der Zwischenzeit in einem Hotelzimmer schlafen und duschen. Dieser lange Aufenthalt in Spanien veranlasste ab und zu einige Mädchen aus dem Büro, mitzufahren. Sie konnten ja danach ihren Freundinnen erzählen, dass sie am Wochenende mal einfach so in Spanien waren und im Meer gebadet hatten. Das war damals noch et-was ganz besonderes. Denn es gab noch nicht die Billig-flieger mit denen man einen supergünstigen Wochen-endtrip unternehmen konnte.

Die Reisen nach Spanien liefen immer so ab, dass für die Fahrgäste abends noch mal eine längere Pause an einer

Autobahn-Raststätte in Deutschland eingelegt wurde. Wer wollte konnte hier noch etwas essen oder trinken und sich die Füße vertreten. Die nächste Pause für die Fahrgäste wurde erst wieder frühmorgens am Grenzübergang zu Spanien eingelegt, wo gefrühstückt werden konnte.

Die Nacht ohne Pause war für die Fahrgäste überhaupt kein Problem, denn wir hatten immer Getränke dabei und es befand sich eine Toilette im Bus, die natürlich jederzeit benutzt werden durfte. Damit unsere Fahrgäste nachts schön schlafen konnten wurden im Innenraum des Busses alle Lichter ausgeschaltet. Auch keine Nachtbeleuchtung brannte. Nur der Lichtschein von den Autos auf der Autobahn leuchtete in den Bus-Innenraum. Wen das noch störte der konnte die Gardine zuziehen und hatte es dann ganz dunkel.

Natürlich kündigten wir die Nachtruhe frühzeitig vor der letzten Abend-Pause den Fahrgästen an. Sie wussten dadurch, dass Sie sich vorher ein letztes Mal mit Getränken versorgen konnten und nachts auch nicht mehr aus dem Bus aussteigen konnten. So war eine ruhige Nacht für alle Fahrgäste gewährleistet.

Wir zwei Fahrer teilten es uns so ein, dass möglichst ein Fahrer vier Stunden am Stück gefahren ist, während in dieser Zeit der andere Fahrer in der Schlafkabine schlafen konnte. Dies hielten wir aber nur dann so ein, wenn der Fahrer am Lenkrad wirklich fit war zum Fahren. Wenn er mal nach nur 2 oder 3 Stunden müde wurde dann blieb er sofort stehen und es wurde ganz einfach früher der Fahrerwechsel vorgenommen.

So hielten wir also nachts ein- oder zweimal unterwegs an einer Autobahn-Raststätte nur kurz an für den Fahrerwechsel. Dieser kurze Stop wurde leise und im Dunkeln durchgeführt, damit die Fahrgäste nicht aufwachen.

Es hätte ebenso ein Stop an einer der Mautstellen in Frankreich sein können. Auch hier machten wir kein Licht an, sondern öffneten nur kurz das Fenster in der Fahrertür, um die Maut zu bezahlen.

Bei einer der vielen Spanien-Reisen löste ich auch wieder nachts auf dem Parkplatz von einem Autobahn-Rasthof in Frankreich meinen Kollegen am Fahrerplatz ab.

Ich hatte tief und fest geschlafen. Um richtig wach zu werden öffnete ich die Bustür und sagte meinem Kollegen, dass ich erst noch einmal um den Bus laufen werde, danach würde ich weiterfahren. Ich drehte also meine Runde um den Bus und stieg kurz danach wieder in den Bus ein. Mein Kollege hatte es sich inzwischen in der Schlafkabine gemütlich gemacht. Ich fragte ihn noch, ob alles in Ordnung sei und ich losfahren könne. Nach der bejahenden Antwort startete ich zur Weiterfahrt.

Die Nächte durch Frankreich waren auf der einen Seite langweilig, weil sehr ruhig. Auf der anderen Seite auch wieder sehr angenehm zu fahren, weil wenig Verkehr auf der Autobahn war. Man fuhr mehr oder weniger in einer Kolonne und überholte ab und zu als Abwechslung einen Lkw, der seine vorgeschriebene Geschwindigkeit einhielt. Es war also nichts los.

Ich war etwa eine Dreiviertel-Stunde gefahren, als von hinten ein Pkw ankam, der andauernd aufblendete.

Der meint wohl er wäre in der Disco, dachte ich für mich. Der Pkw setzte zum Überholen an und fuhr bis zur Höhe des Fahrerfensters auf der Überholspur. Hier hielt er die Geschwindigkeit bei, so dass wir auf gleicher Höhe fuhren. Jetzt hupte der Fahrer des Pkw auch noch.

Ich überlegte nun doch, ob am Bus etwas defekt sei, was der Pkw-Fahrer von hinten gesehen hätte. Ein platter Reifen konnte es nicht sein, das hätte ich auf jeden Fall bemerkt. Es musste am Heck des Busses sein. Vielleicht waren die Rücklichter ausgefallen?

Der Pkw fuhr immer noch auf gleicher Höhe neben mir. Er hupte und blinkte. Als ich zu ihm rüber schaute traute ich meinen Augen nicht: auf dem Beifahrersitz des Pkw saß das Mädchen aus unserem Büro und winkte mir. Konnte ja nicht sein, die musste doch hinten im Bus liegen und schlafen. Aber das Mädchen sah genau so aus.

Also fuhr ich auf den nächsten Parkplatz und hielt den Bus an. Aus dem Pkw stieg tatsächlich das Büro-Mädchen aus.

Sie war entgegen den Anweisungen beim letzten Fahrerwechsel ausgestiegen und vom Bus weg gelaufen. Leider hatte sie weder mir noch meinem Kollegen Bescheid gesagt, sodass wir sie gar nicht vermissten. Zum Glück war sie clever genug, um einen Urlauber zu bitten, sie im Pkw mitzunehmen und dem Bus nachzufahren. Und so konnte sie die Reise wieder im Bus fortführen.

Bei Betriebsfeiern durfte dieser Vorfall leider nicht erwähnt werden. Schade, denn es gab darüber immer viel Gelächter.

Unbedingt durchzählen

Man lernt ja aus allem, auch durch verlorengegangene Personen. So sollte es im Leben jedenfalls sein. Wobei ich mir beim besten Willen keinen Vorwurf machen konnte. Denn bei allen Reisen wurden nach jeder Pause vor der Weiterfahrt erst noch die Fahrgäste durchgezählt.

Es gab ja meistens einzelne Nachzügler, die zur vereinbarten Zeit nicht am Bus waren, aus welchen Gründen auch immer. Mal war im Lokal die Bedienung mit dem Essen zu langsam, mal standen Menschenschlangen vor der Toilette, mal wusste der Fahrgast nicht mehr wo genau der Bus stand.

Und dann gab es noch die notorischen Zuspätkommer, aber auf die hatten wir als Fahrer dann ein besonderes Augenmerk. Sie hatten die tollsten Ausreden. Wenn diese Fahrgäste am Bus waren konnte man sicher sein, dass die Gruppe komplett ist.

Und trotzdem wurden immer wieder die anwesenden Köpfe durchgezählt.

Schlecht war es aber, wenn man mehrmals durchgezählt hatte und trotzdem nicht auf die richtige Zahl kam. Mir war es zum Glück nur einmal passiert bei der Fahrt zu einem Fußballspiel.

Bei der Hinfahrt zum Fußballstadion ging es im Bus schon feuchtfröhlich zu. Der Fußballer-Fanclub hatte sich von zuhause sehr viele alkoholische Getränke mitgenommen, und zwar in den Innenraum des Busses. So war während der langen mehrstündigen Fahrt der uneingeschränkte Zugriff zu den Getränken möglich und wurde reichlich genutzt.

Beim Aussteigen am Fußball-Stadion wankten manche der Fahrgäste schon sehr bedenklich, aber sie konnten alle noch alleine stehen.

Ich vermute, dass einige nichts vom Fußballspiel mitbekommen haben, aber dafür war ich nicht zuständig. Es waren lauter Erwachsene und ich nur der Busfahrer.

Mit der Gruppe war vereinbart, dass wir uns unmittelbar nach Spielende wieder am Bus treffen für die Heimreise.

Zu dem Fußballspiel waren viele Busse gekommen. Die Busse konnten nicht direkt am Eingang zum Stadion geparkt werden, sondern mussten auf dem zum Stadion gehörigen großen Parkplatz abgestellt werden. Die Fahrgäste mussten von dort ein wenig laufen bis zum Eingang.

Das Stadion ist riesengroß, das Fußballspiel war gut besucht. Deshalb dauerte es eine Weile, bis sich nach dem Schlusspfiff unser Grüppchen den Weg durch die Menschenmenge gebahnt hatte und am Bus eintrudelte. Ein paar Betrunkene wurden von den Nüchternen angeschleppt. Der Bus füllte sich langsam.

Als der Organisator der Reise einstieg war er der Meinung, dass er der letzte sei, wir könnten losfahren. Trotzdem zählten wir gemeinsam noch die Anwesenden durch. Jeder von uns zählte zweimal, doch immer fehlte eine Person. Da zu dem Zeitpunkt noch viele Menschen vom Stadion zum Busparkplatz unterwegs waren wollten wir noch eine Weile warten. Es könnte ja sein, dass der Fehlende nicht durchgekommen war.

Inzwischen versuchten wir rauszukriegen wer fehlt, damit wir nach dem Betreffenden Ausschau halten können. Doch das war schwierig. Die meisten Fahrgäste waren schon zu betrunken und das Trinkgelage im Bus ging weiter. So konnten sie uns nicht helfen. Also nahmen wir die Teilnehmerliste zur Hand und prüften alle Namen durch, ob die entsprechende Person anwesend war. Endlich konnten wir die fehlende Person identifizieren. Es handelte sich um einen Mann im mittleren Alter.

Nun konnten wir gezielt im Bus fragen ob jemand der Anwesenden diesen Mann nach dem Spiel gesehen hatte. Die Befragung brachte uns leider auch nicht weiter.

Der Platz vor dem Stadion wurde leerer und leerer. Nur noch einzelne Personen kamen vom Stadion. Jetzt waren wir langsam beunruhigt.

Der Organisator der Reise wollte zurückgehen zum Stadion und nachschauen, wo die fehlende Person steckt.

Ich sollte in der Zwischenzeit auf die Betrunkenen aufpassen, damit nicht noch mehr verloren gehen.

Es dauerte lange bis er wieder zurückkam. Leider alleine. Er informierte mich darüber, dass im Stadion niemand mehr ist, die Eingangstore waren bereits verschlossen.

Jetzt beratschlagten wir, was wir weiter unternehmen sollen. Wir müssten wohl zur nächsten Polizeistation fahren und eine Vermisstenanzeige aufgeben. Es könnte ja etwas passiert sein. Vielleicht lag der gesuchte Mann zwischen den Sitzreihen oder irgendwo im Krankenhaus. Manchmal gibt es ja bei Fußballspielen auch Schlägereien unter den Fans, das kann man nie ausschließen. Besonders bei Betrunkenen.

Da fiel einem Mitreisenden ein, dass er die Handynummer des fehlenden Mannes hat. Er suchte die Nummer raus und wählte das Handy des Vermissten an.

Nach einiger Wartezeit meldete sich der Gesuchte und lallte ins Telefon.

Der Organisator der Reise nahm das Telefon und sagte dem Vermissten, dass alle am Bus seien und nur noch er würde fehlen. Dann fragte er ihn wo er sei, die Gruppe würde auf ihn warten und wolle endlich nach Hause fahren.

Darauf lallte der Gesuchte ins Telefon: "was willst du denn, ich fahre doch schon nach Hause".

Der Organisator: "das kann gar nicht sein, der Bus steht noch. Komm endlich bei, damit wir losfahren können!"

Darauf der Gesuchte: "ich fahre im Auto mit meinem Kumpel."

Na denn prost!

Was der Fan-Club mit dem Abtrünnigen zuhause angestellt hat ist mir leider entgangen.

Trunkenheit, aber kein Steuer

Da ich als Busfahrer natürlich keinen Alkohol getrunken habe, konnte ich mich immer gut über die Betrunkenen amüsieren.

Beliebt bei trinkfesten Männern sind die Brauerei-Besichtigungen. Viele Brauereien bieten für Besucher erst einen Video-Film, dann eine Führung durch die Brauerei, und zum Schluss können die Produkte der Brauerei verkostet werden. Bei manchen Brauereien ist dafür ein kleiner Betrag zu zahlen, bei anderen Brauereien ist alles umsonst. Auf jeden Fall ist es bei den meisten Brauereien so, dass es nach der Führung Bier ohne Ende gibt. Das heißt auf deutsch gesagt: Besäufnis bis die gebuchte Zeit abgelaufen ist.

Ich möchte auf keinen Fall verallgemeinern und alle Gruppen, die Brauerei-Besichtigungen buchen, als Säufer bezeichnen!

Es gab auch Fahrten, bei denen die Fahrgäste wirklich am Herstellungsprozess und Verkosten des Bieres interessiert waren und nur wenige Bierchen getrunken haben. Danach fand eine gesittete Heimfahrt statt.

Andere Gruppen dagegen wollten gleich nach Ende des Aufenthaltes in der Brauerei erst einmal in die nächste Kneipe, denn die trinkfesten Männer hatten noch nicht genug Alkohol konsumiert. Erst nach weiteren Stunden in der Kneipe konnte dann die Heimfahrt beginnen. Nachdem sich auch die Trinkfesten verwandelt hatten in Betrunkene.

Bei einer dieser Brauerei-Fahrten fuhr ich einen Spaceliner.

Dies ist ein Omnibus, der einen höheren Kofferraum hat (ein sogenannter Hochdecker). Der Fahrgastraum befand sich deshalb auch höher als bei einem normalen Bus, die Fahrgäste mussten mehr Trittstufen nach oben steigen.

Von der Seite und von hinten sah man dem Bus gar nicht an, dass etwas anders war. Es fiel kaum auf dass die Seitenfenster etwas höher angebracht waren.

Nur von vorne sah der Bus anders aus, denn er hatte unten eine Frontscheibe und oben eine Frontscheibe. Dadurch wirkte er wie ein Doppeldecker-Bus.

Und das war die Besonderheit des Omnibusses: Der Fahrer sitzt im unteren Teil, nur knapp über der Straße.

Die Fahrgäste in der ersten Reihe jedoch sitzen direkt über dem Busfahrer. Und hinter der ersten Reihe auf der rechten Seite geht die Treppe runter zum vorderen Ausstieg. Hier ist auch eine Möglichkeit gegeben, auf den Reiseleitersitz zu kommen. Der Busfahrer sitzt gleich daneben, ist aber durch den Reiseleitersitz nicht zu sehen.

Natürlich war auch eine Toilette im Bus, die jederzeit während der Fahrt von den Fahrgästen benutzt werden konnte.

Bei der Hinfahrt kein Problem. Bei der Rückfahrt aufgrund der Trunkenheit vieler Fahrgäste anscheinend schwieriger, wahrscheinlich schwankte die Toilette zu sehr. Die Fahrgäste wollten Pausen für einen Toiletten-Besuch außerhalb des Busses haben. Ein Parkplatz reichte ihnen schon, es waren ja überwiegend Männer dabei.

Nach bereits zwei Toiletten-Pausen war ich wieder eine halbe Stunde auf der Autobahn unterwegs. Viele der Fahrgäste schliefen mittlerweile ihren Rausch aus. Da hörte ich über mir im Fahrgastraum Lärm. Laute Stimmen und Getrampel war zu hören. Dann wurden die Stimmen noch lauter. Ich machte die Musik bei mir leise und jetzt konnte auch ich unten am Lenkrad die Worte verstehen:

Erster Fahrgast: "hey, Fahrer, sag jetzt, machen wir noch mal Pause?"

Zweiter Fahrgast: "nein, wir machen keine Pause mehr."

Erster Fahrgast: "hey, Fahrer, bleib noch mal stehen, ich muss ganz dringend pinkeln."

Zweiter Fahrgast: "nein, ich bleib nicht stehen, wir fahren durch!"

Erster Fahrgast: "hey, Fahrer, wenn du nicht stehen bleibst dann mach ich in die Hose!"

Zweiter Fahrgast: "ich bleib nicht stehen, wir fahren durch!"

Dann wurde der Dialog durch schallendes Gelächter unterbrochen.

Die in den vorderen paar Reihen sitzenden Fahrgäste hatten mitbekommen was los war. Sie brüllten vor Lachen und trampelten mit den Füßen auf den Boden.

Einer der Fahrgäste aus dem hinteren Teil des Busses war ziemlich betrunken. Er war im Bus nach vorne gegangen und wollte dem Busfahrer Bescheid sagen, dass noch eine Toiletten-Pause eingelegt werden soll. Da er der Meinung war, dass ganz vorne links der Busfahrer sitzt (wie es ja normalerweise der Fall ist), redete er unentwegt auf diesen Mann ein. Dass dieser gar kein Lenkrad in der Hand hielt war dem betrunkenen Mann überhaupt nicht aufgefallen. Er redete unbeirrt auf den vorne links sitzenden Fahrgast ein und wollte ihn dazu bringen, den Bus anzuhalten. Aber der Fahrgast in der ersten Reihe hatte gleich die Situation begriffen und machte sich einen Scherz daraus, den Betrunkenen abzuweisen.

Natürlich legte ich noch eine kurze Pause ein. Mittlerweile waren die restlichen Fahrgäste durch den Lärm auch wieder wach geworden und wir haben uns köstlich amüsiert.

Fußball

Egal wo ich am Wochenende mit dem Bus unterwegs war, sobald die Gruppe nachmittags an den Bus zurückkam war die erste Frage von den Männern: "weißt du die Fußballergebnisse?"

Zur damaligen Zeit gab es noch keine Satellitenempfänger für Busse oder Wohnmobile, man hatte also im Bus noch keinen Fernsehempfang. Die Fußballergebnisse gab es damals nur per Radio.

Ich antwortete dann immer: "setzt euch erst mal hin, wenn alle da sind dann sage ich die Fußballergebnisse durch."

Kurz vor dem Losfahren nahm ich dann das Mikrofon und sagte: "soll ich euch nun die Fußballergebnisse sagen?" Wie zu erwarten hatte ich große Zustimmung.

Da fing ich an: "Also ich sage euch jetzt die Ergebnisse von allen Spielen heute Mittag: 1 : 2, 0 : 1, 3 : 0, 2 : 0........

Meistens kam ich nur bis zum dritten Ergebnis, dann kamen die empörten Zwischenrufe.

Ich sagte dann: "na gut, aber ich weiß dafür die Tabellenplätze."

Da wollten sie halt die Tabellenplätze wissen, wenn sie von mir schon nichts anderes erfahren konnten. Und ich fing an: " Nun die Tabellenplätze: 1. Platz, 2. Platz, 3. Platz...."

Ich kann von Glück reden, dass sie nicht die Bierflaschen nach vorne auf mich geworfen haben.

Nachdem ich zum größten Depp abgestempelt worden war nannte ich dann doch die kompletten Ergebnisse, die ich mir extra für meine Fahrgäste notiert hatte. So konnte die Fahrt dann noch einen schönen Abschluss finden.

Unbekannte Technik

Heutzutage benutzt jeder Reisende - sei es im Bus oder im Zug oder im Flugzeug - ganz selbstverständlich die vorhandenen Annehmlichkeiten, wie die Toilette und vieles andere. Und wahrscheinlich können mittlerweile auch alle Reisenden damit richtig umgehen.

Zu den Anfangszeiten des Reise-Booms war dies allerdings noch nicht der Fall. Deshalb gaben wir Busfahrer bei der Begrüßung der Gäste auch noch kurze Erklärungen. So zum Beispiel, dass eine Toilette an Bord ist, die jederzeit benutzt werden darf. Außerdem Hinweise auf die Düsenbelüftung über den Sitzplätzen und die Einstellung der Sitze zur Gangmitte oder in Schlafposition. Natürlich nicht so perfekt wie heutzutage in den Flugzeugen, bei denen die Stewardesse vorne steht und die Schwimmweste überzieht. Ganz genau konnten wir natürlich nicht jede Kleinigkeit erklären. Und manche Reisenden scheuten sich davor, beim Fahrer nachzufragen.

Ich war mal wieder mit dem Bus unterwegs zur Insel Krk im damaligen Jugoslawien. Wir hatten schon an allen Haltestellen die Fahrgäste aufgenommen und die Reise konnte beginnen. Mein Kollege hatte sich bereits in die Schlafkabine zurückgezogen, während ich über die Autobahn Richtung Süden fuhr. Es war noch hell und die Autobahn war relativ frei. So war die Fahrt sehr angenehm.

Ich war gerade dabei, die Musikcassetten auszutauschen, damit die Fahrgäste zur Abwechslung wieder andere Lieder hören konnten.

Da kam eine Frau zu mir an den Fahrerplatz und sagte: "Entschuldigung, ich möchte sie nicht stören. Aber in der Toilette ist kein Handtuch, ich kann meine Hände nicht abtrocknen."

Ich schaute zu der Frau und erschrak. Sie hatte nasse Hände, aber nicht nur das. Ihre Hände waren ganz blau!

Ich fragte die Frau was sie gemacht hätte. Sie erzählte mir, dass sie Obst gegessen hätte und wollte sich nach dem Essen die klebrigen Hände waschen. Das hätte sie auch gemacht in der großen Waschschüssel. Aber das wäre sehr umständlich, weil sie immer nur eine Hand waschen konnte und mit der anderen Hand den Knopf für den Wasserzulauf drücken musste. Und übrigens würde die Seife stark riechen. Danach wollte sie sich die Hände abtrocknen, aber es würde kein Handtuch dort hängen.

Als mir bewusst wurde was die Frau in der Toilette gemacht hatte, konnte ich nur mit Mühe das Lachen unterdrücken. Ich prustete los, täuschte dann aber schnell einen Hustenanfall vor.

Die blauen Hände sagten mir genug.

Anstatt in dem kleinen Handwaschbecken an der Wand hatte sich die Frau ihre Hände in der Toilettenschüssel gewaschen. Dies war ganz eindeutig. Denn das Spülwasser der Toilette war mit einer stark riechenden blauen Chemikalie gemischt, die die Gerüche überdeckt.

Der Frau in diesem Moment zu erklären, wo sich die Papier-Handtücher in dem Toiletten-Raum befanden brachte ich beim besten Willen nicht fertig.

Schnell drückte ich ihr ein Päckchen Papier-Taschentücher in die Hand, die ich neben mir am Fenster liegen hatte und konnte gerade noch ein "tut mir leid" stammeln.

Zum Glück ging die Frau gleich weg, denn ich konnte mich nun nicht mehr zurückhalten vor Lachen.

Im nachhinein tat mir die Frau richtig leid, denn es dauert einige Tage bis die blaue Chemikalie komplett von der Haut ab ist.

Das dürfte die Urlaubsfreude ein wenig getrübt haben.

Vorsicht Kamera

Viele Reisen wurden mit einem Spaceliner oder einem Doppelstock-Bus durchgeführt. Der Fahrerplatz war bei beiden Bussen immer unten. Die Fahrgäste saßen oben, die erste Reihe befand sich direkt an der Frontscheibe über dem Fahrerplatz. Wobei beim Doppelstock-Bus zusätzlich auch noch im Unterdeck hinter dem Fahrerplatz Fahrgastplätze waren.

Da der Fahrer im mittleren Spiegel nur das Unterdeck sehen konnte, war für das Oberdeck eine Kamera installiert. Diese befand sich im Oberdeck ganz unscheinbar in der ersten Reihe knapp unterhalb der Decke und war nach hinten in den Fahrgastraum gerichtet. Der Fahrer hatte einen Monitor und konnte vom Fahrerplatz aus über die Kamera dadurch auch die Fahrgäste im Oberdeck sehen. Diese Technik wurde nicht wie heute oft üblich zur Überwachung benutzt, sondern diente lediglich der Sicherheit. Der Fahrer konnte dadurch sehen ob alle Fahrgäste ihren Sitzplatz eingenommen hatten bevor er losfuhr. Bei Kindergruppen konnte zur Ordnung gemahnt werden, wenn die Kinder zu übermütig im Gang rumturnten. Die Musik konnte dem Schlafrhythmus der Fahrgäste angepasst werden und vieles mehr. Die Kamera war fast unsichtbar, die Linse war sehr klein und die restliche Technik der Kamera war in der Decke integriert. So wurde die Kamera von den meisten Fahrgästen nicht bemerkt. Nur technikbegeisterte Männer, die sich den Fahrerplatz im Unterdeck genauer anschauten wurden manchmal darauf aufmerksam. Und zwar konnten sie unter Umständen etwas sehen, wenn der Monitor einge-schaltet war.Durch die unsichtbare Kamera kam es, dass wir Fahrer auch ab und zu ungewollte aber interessante Einblicke bekamen.

Ein Fahrgast aus der ersten Reihe hatte wohl beim Sitzen die Hose geöffnet, um den Bauch nicht so einzuschnüren. Bevor er dann aus dem Bus aussteigen wollte stellte er sich im Oberdeck zwischen die beiden Sitzreihen in den Gang (genau vor die Kamera) und zwar nach vorne, da-mit die Fahrgäste hinter ihm nicht sehen konnten was er machte. Dann begann er erst mal, in der Unterhose zu sortieren. Danach wurde das Hemd zurechtgerückt und in die Hose gesteckt, die zum Schluss geschlossen wur-de.Natürlich war es für uns Fahrer viel interessanter wenn sich die Frauen vor die Kamera stellten. Manchmal waren bei den Reisen auch Frauen-Gruppen dabei. Diese saßen dann natürlich alle beisammen im Bus, dann wur-de lustig geschnattert und gefeiert unterwegs.

Bei einer Städtetour saß auch wieder eine Frauen-Gruppe vorne in den ersten fünf oder sechs Reihen. An-scheinend hatten die Frauen die freie Zeit in der Stadt genutzt um ordentlich einzukaufen. Denn kaum waren wir zur Heimfahrt gestartet, da kam das vordere Ober-deck in Bewegung. Eine der Frauen zog vorne am Fenster das Sonnenrollo runter, damit man von außen nicht in den Bus schauen kann. Etwa ab der fünften Reihe stan-den die Frauen im Bus und deckten die Sicht nach hinten zu den anderen Fahrgästen ab. Und dann begann die Modenschau: die Frauen zogen sich eine nach der ande-ren aus und probierten die neu gekauften Kleidungsstü-cke an. Leider war kein BH gekauft worden.

Im Scheinwerferlicht

Einen unbeabsichtigten Einblick bekam ich auch bei einer anderen Reise. Ich war mit einem voll besetzten Doppeldecker-Bus abends auf der Heimreise. Im Bus befanden sich viele Raucher, die aber aus Rücksicht auf die im Bus befindlichen Kinder nicht rauchten. Daher wurden unterwegs mehrere Raucher-Pausen eingelegt.

Es war abends schon dunkel, aber im Bus waren alle Fahrgäste hellwach. Die Party-Musik sorgte für ausgelassene Stimmung, niemand war müde. Auf Wunsch der Fahrgäste sollte es eine letzte Raucher-Pause geben.

Die nächste Autobahn-Raststätte war noch weit entfernt. Aber das war kein Problem, denn wir hatten erst vor kurzem eine Toiletten-Pause eingelegt, sodass bei diesem Stop keine Toilette vorhanden sein müsste. Es war zudem eine Toilette im Bus.

So beschloss ich, auf den nächsten Parkplatz zu fahren. Die normalen Parkplätze sind größtenteils nicht beleuchtet. Aber das war auch kein Problem, denn die Fahrgäste hielten sich sowieso direkt neben der Bustür auf, da reichte die Bus-Beleuchtung aus.

Ich fuhr von der Autobahn ab und bog auf den Parkplatz ein.

Der Parkplatz war nicht von Bäumen oder Sträuchern umgeben, sondern rechts und links war nur Wiese. Es ging in eine leichte Kurve, bevor der Standplatz in Sicht kam.

Nur ein einziger Pkw war dort abgestellt. So hatte ich genügend Platz zum Parken und hielt den Bus an.

Plötzlich grölten die Fahrgäste im Oberdeck und trampelten mit den Füssen auf den Fußboden. Sie hörten gar nicht mehr auf, aber ich wusste nicht was los war.

Auf einmal sah ich es auch: ich hatte am Bus von der Autobahn-Fahrt noch den Fernscheinwerfer eingeschaltet, der einen weiten Lichtschein auf die Wiese warf.

Mitten auf der Wiese stand eine Frau mit heruntergelassener Hose. Ihr nackter weißer Hintern leuchtete aus der dunklen Umgebung. Die Frau war gerade dabei, ihre Unterhose hochzuziehen. Durch die Scheinwerfer wurde sie dabei voll beleuchtet und stand mitten im Rampenlicht.

Und wie es in der Hektik so üblich ist, klappte es mit dem Hochziehen nicht richtig, es dauerte!

Sie rannte dann mit halb hochgezogener Hose los in Richtung Pkw und sprang auf den Beifahrersitz. Der Fahrer des Pkw startete sofort durch und raste los.

Natürlich kannte niemand den Pkw und die Frau, sie hätte sich also in Ruhe anziehen und weggehen können. Hätten wir ihr vielleicht durch den Lautsprecher sagen sollen?

Falsche Stelle

In der Not fällt die Wahl auf einen geeigneten Platz manchmal ungünstig aus. So zog ich mir ungewollt den Ärger eines Skifahrers zu.

Während einer Skireise legte ich bei der Heimfahrt eine kurze Raucher-Pause auf einem unbeleuchteten Parkplatz ein. Auf diesem Parkplatz war auch ein Toiletten-Häuschen, in dem sich für Frauen und für Männer jeweils eine Toilette befand. Wir hatten vorher schon einige Pausen gemacht, aber bei Skireisen wurde im Bus viel Alkohol getrunken und dementsprechend musste immer irgendwer auf die Toilette.

Die Außentemperaturen waren sehr niedrig und dadurch, dass die Bustür zum Aus- und Einstieg dauernd geöffnet werden musste, wurde es im Bus auch schnell kalt.

Damit es die Fahrgäste nicht zu kalt im Bus haben, wollte ich die Heizung laufen lassen. Außerdem war der Kühlschrank eingeschaltet und die Beleuchtung. Dabei besteht dann die Gefahr, dass nach einiger Zeit die Batterien leer sind und nicht mehr ausreichen um den Motor zu starten.

Das wollte ich natürlich nicht riskieren. Also startete ich den Motor und schaltete die Heizung dazu.

Ein Skifahrer kam hinter dem Bus hervor und schimpfte. Als er vorne an der Bustür war empörte er sich, weil ich den Motor gestartet hatte. Er sei hinter dem Bus gewesen und hätte uriniert, jetzt wäre er an einer gewissen Stelle schwarz vom Auspuff.

Ein paar Monate später nutzte ich das neu erworbene Wissen aus, als ein Betrunkener auf dem Fest hinter meinem Bus pinkeln wollte. Hier startete ich absichtlich den Bus und gab viel Gas dabei, damit eine schwarze Wolke hinten rauskommt. Es hat funktioniert!

Perfekte Technik - menschliche Bedienung

Sehr viele Reisen wurden als sogenannter Pendelverkehr durchgeführt. Hierbei wurden die Fahrgäste am Urlaubsort abgesetzt und konnten dort je nach Wunsch eine Woche oder zwei Wochen oder drei Wochen bleiben. Natürlich mussten sie das vorher entsprechend im Reisebüro buchen und bezahlen. Der Bus nahm am Urlaubsort immer die Fahrgäste mit zurück, deren Urlaub beendet war.

So fuhren von April bis September die Busse jede Woche in die verschiedenen Urlaubsgebiete in Österreich, Spanien, Italien und Jugoslawien.

Bei vielen Fahrten fuhren Aushilfen oder Mädchen aus dem Büro mit, um unterwegs die Fahrgäste mit Würstchen und Getränken zu versorgen. Denn damals konnte man nicht an jeder Autobahn-Raststätte ein gutes Essen bekommen. Und wenn, dann dauerte dies auch sehr lange, bis 50 Fahrgäste mit essen fertig waren. Dies hätte die Reisezeit unnötig verlängert. Also lieber Service im Bus.

Zwischendurch ergab es sich auch manchmal, dass durch die unterschiedlichen Wochen-Buchungen nur wenige Fahrgäste befördert wurden. In diesen Fällen konnten dann wir Busfahrer zwischendurch den Service mitmachen. Wir waren bei diesen Reisen sowieso immer zu zweit und wechselten uns mit dem Fahren ab. Essen wurde nicht während der kompletten Reise angeboten, sondern nur abends und morgens im Bus. Zudem hielten wir zu den Pausen sowieso immer an Autobahn-Raststätten an, auch hier konnten die wenigen Fahrgäste eine Kleinigkeit essen oder mitnehmen.

Dadurch hielt sich unsere Küchen-Arbeit in Grenzen.

Bei einer dieser Reisen war ich morgens dran mit Küchendienst. Die sogenannte Küche befand sich bei diesem Bus hinten im Heck. Sie bestand nur aus einem kleinen Heißwasserboiler und einem Wurstkocher, sowie einer kleinen Spüle. Darunter war ein Schrank für die Utensilien.

Auf der anderen Seite des Hecks war die Toilette. Dies war zwar ungünstig, da man lieber Küche und Toilette trennen sollte. Aber es war von der Herstellerfirma wohl damals nicht anders machbar.

Ich füllte Wasser in den Wurstkocher und schaltete das Gerät ein. Die Schalter für den Wurstkocher waren an der Front des Schrankes angebracht, hier wurde auch die Temperatur eingestellt mit einem Drehregler. Nachdem ich noch den Heißwasserboiler für den Kaffee eingeschaltet hatte ging ich durch die Reihen und fragte die Fahrgäste, ob jemand ein Würstchen oder einen Kaffee möchte. Es wurden nur 3 Würstchen bestellt, denn einige Fahrgäste schliefen noch.

Das Wasser im Wurstkocher hatte mittlerweile die richtige Temperatur erreicht, was durch eine Lampe angezeigt wurde. So konnte ich die Würstchen reinlegen.

Da ich nicht 10 Minuten an der Küche stehen bleiben wollte bis die Würstchen heiß genug waren, ging ich vor zu meinem Kollegen und unterhielt mich mit ihm.

Zudem hätte ich sowieso nicht an der Küche stehen bleiben können. Denn unsere Fahrgäste wurden langsam munter und gingen zur Toilette, wie überall staute es sich wieder vor der Toilette. Und da die Toilette direkt neben der Küche war standen auch Fahrgäste am Küchenschrank.

Nachdem ich mit meinem Kollegen einige Minuten geschwätzt hatte und es an der Zeit war, die Würstchen rauszunehmen, ging ich wieder nach hinten zur Küche. Ich holte aus dem Schrank die Pappteller, Servietten und Senf raus, legte auf jeden Pappteller eine Scheibe Brot, nun fehlte nur doch das Würstchen dazu.

Als ich den Deckel des Wurstkochers öffnete traute ich meinen Augen nicht. Es lagen keine 3 Würstchen drin, sondern ganz abstrakte Gebilde! Alle Würstchen waren total aufgeplatzt und hatten sich zu ulkigen Formen verdreht. Zudem waren die Würstchen nicht mehr als Frankfurter Würstchen zu erkennen, denn die Masse hatte sich in etwa verdoppelt.

Ich vergewisserte mich noch mal mit einem Blick auf meine Uhr über die Zeit, aber es waren nur 10 Minuten vergangen seit ich die Würstchen reingelegt hatte. Da dürfen sie auf keinen Fall platzen. Kürzere Zeit sollten sie auch nicht im Wasser liegen, sonst sind sie nicht warm genug zum essen.

Auf einmal sah ich, dass der Temperaturregler am Wurstkocher auf volle Temperatur umgestellt war. Das war natürlich viel zu heiß für die Würstchen.

Ich war mir ganz sicher, dass ich die Temperatur richtig eingestellt hatte, denn ich vergewisserte mich immer doppelt. Es musste wohl ein vor der Toilette wartender Fahrgast dagegen gekommen sein und aus Versehen den Temperaturregler verstellt haben. Anders war es nicht zu erklären.

Ich überlegte nicht lange, denn wegwerfen wollte ich die geplatzten Würstchen nicht. Sie waren ja nicht schlecht, der Geschmack war immer noch der gleiche. Außerdem hatten die Fahrgäste nun doppelt so viel vom Würstchen.

Also legte ich die geplatzten Würstchen auf die Pappteller und brachte sie zu den Fahrgästen. Ich erklärte ihnen, dass ein Missgeschick passiert sei und die Würstchen deshalb nur den halben Preis kosten würden. Die Fahrgäste akzeptierten das und nahmen die geplatzten Würstchen an.

Nach getaner Arbeit setzte ich mich wieder vor zu meinem Kollegen und erzählte ihm die Geschichte.

Kurze Zeit darauf kam ein Fahrgast zu mir und fragte, ob es noch Würstchen gäbe. Natürlich bejahte ich und fragte ob er ein oder zwei Würstchen haben wolle. Der Kunde bestellte für seine Familie vier Würstchen. Er sagte aber gleich dazu, dass er von den geplatzten Würstchen zum halben Preis haben möchte!

Schnelle Würstchen

Wenn wir im Urlaubsort angekommen waren und alle Fahrgäste an den verschiedenen Hotels ausgeladen hatten dann war es die Aufgabe von uns Busfahrern, den Bus innen wieder einigermaßen zu säubern. Schließlich sollten die neuen Fahrgäste für die Rückfahrt am Abend auch in einem sauberen Bus sitzen. Das gehörte einfach dazu.

Nach Beendigung unseres Reinigungsdienstes konnten auch wir dann ins Hotel gehen zum Duschen und Schlafen. Für die Busfahrer war bei jeder Fahrt im Hotel ein Zimmer reserviert, damit die Heimreise wieder frisch ausgeruht angetreten werden konnte.

Aber vorher haben wir uns meistens in der kleinen Busküche noch Essen gemacht. Mit leerem Magen schläft es sich so schlecht.

Mein Kollege holte aus dem Kofferraum des Busses Getränke, um den Kühlschrank für die Rückfahrt wieder zu füllen. Dafür war ich dran mit Küchendienst.

Die Mini-Küche war bei diesem Bus auch wieder im Heck auf der Fahrerseite. Gegenüber der Küche war direkt am Heck ein Zweiersitz, davor ein kleiner schmaler Tisch. Vor dem Tisch befand sich die Treppe, über die man runtergehen und aussteigen konnte, denn hier war die hintere Tür vom Bus.

Der Platz in den Bussen war immer gut ausgenutzt. Deshalb war vor dem Tisch über den Treppenstufen auch wieder ein Zweiersitz. Dieser war allerdings ein Klappsitz. Das heißt: es war ein ganz normaler Sitzplatz wie alle anderen Sitzplätze auch, die Sitzlehnen konnten nach hinten verstellt werden um bequemer zu schlafen. Bei der Schlafstellung stieß der Sitz dann genau an die Tischkante dran, es war genau ausgemessen. Der einzige Unterschied war nur, dass diese Sitzbank nach vorne geklappt wurde, wenn jemand ein- oder aussteigen wollte (natürlich nicht während jemand drauf saß).

Bei dieser Fahrt waren noch vom Frühstück Würstchen übrig. Deshalb beschlossen wir, diese zu essen. Denn wenn der Bus tagsüber am Hotel in der Hitze stand, dann war natürlich keine Kühlung eingeschaltet. In dem Fall war es immer besser, keine angefangenen Gläser oder Dosen im Bus zu lassen.

Wir hatten zwar nur eine Mini-Küche im Bus, aber wir achteten immer darauf, dass die Fahrgäste nur einwandfreie Lebensmittel bekamen.

Während mein Kollege noch anderweitig beschäftigt war legte ich die restlichen Würstchen ins heiße Wasser. Es dauerte ja nun auch wieder 10 Minuten bis die Würstchen heiß waren. In der Zwischenzeit richtete ich auf dem schmalen Tisch die Zutaten her. Wir Fahrer setzten uns zum Essen gerne hinten an den Tisch neben der Küche. Der klappbare Zweiersitz war hochgeklappt nach vorne, wir hatten viel Platz.

Ich stellte schon die kalten Getränke für uns bereit. Auf den Tisch legte ich die Pappteller und gab Senf und Brot drauf.

Als mein Kollege mit dem Einladen der Getränke fertig war legte ich die heißen Würstchen auf die Pappteller, das Essen war fertig. Mein Kollege ging von vorne durch den Gang des Busses nach hinten zu mir. Als er auf der Höhe des Klappsitzes war fasste er diesen oben an der Kopfstütze und warf ihn mit Schwung nach hinten. Das hätte er besser nicht tun sollen!

Einer der Pappteller lag direkt an der vorderen Tischkante. Der in Schlafposition gestellte Klappsitz prallte gegen den Pappteller und bog diesen nach vorne. Der Schwung bewirkte, dass die Würstchen hochgeschleudert wurden und über mehrere Sitzreihen in der Luft nach vorne trudelten. Sie schlugen erst ein paar Reihen weiter vorne wieder auf. Der Senf war noch auf dem Pappteller und klebte nun auf der Rückseite des Klappsitzes. Schade, dass keine Kamera anwesend war, fliegende Würstchen sieht man nicht jeden Tag!

Test-Esser

Für die Essen im Bus wurden auch manchmal neue Produkte getestet. Denn immer nur Würstchen (obwohl verschiedene Sorten) war auf die Dauer langweilig für die Stammkunden. Und erst recht für uns Fahrer! Gegen Ende der Saison konnten wir keine Würstchen mehr sehen, geschweige denn essen!

Irgendwann probierten wir unterwegs Suppen aus. Dieses Produkt war ganz neu auf den Markt gekommen und wir wollten es testen. Es wurde eine Halterung bei der Küche angebracht mit mehreren Schiebern. Die neuen Produkte waren in einem länglichen Karton als Pulver enthalten. Die Kartons wurden senkrecht in die Halterung gesteckt und dann konnte man einen Schieber nach vorne ziehen, der die abgemessene Portion Pulver in die Tasse fallen ließ.

Wir hatten zum Testen 3 Sorten zur Auswahl: Tomatensuppe, Gemüsesuppe und Kakao.

Wieder mal im Urlaubsort angekommen wollten auch wir Fahrer nach den Aufräumungsarbeiten die Suppen testen. Mein Kollege hatte sich für die Tomatensuppe entschieden, ich wollte die Gemüsesuppe probieren.

Der Wasserboiler war leer. Deshalb füllten wir erst mal frisches Wasser auf und warteten bis das Wasser heiß war.

Ich war mit einem Kollegen unterwegs, der unentwegt redete. Es fielen ihm immer wieder neue Themen ein, über Gott und die Welt, er konnte einfach seinen Mund nicht halten. Er ging mir schon auf die Nerven, denn ich war müde und wollte meine Ruhe haben. Ich konnte es kaum abwarten, nach dem Essen ins Hotel zu kommen.

Endlich schien das Wasser heiß zu sein. Wir füllten die Pulver in unsere Tassen und schütteten das Wasser dazu. Nun probierten wir unsere Suppen.

Vom Geschmack her waren die Suppen sehr lecker. Aber das Wasser war leider noch nicht richtig heiß, die Suppe war nur lauwarm.

So konnten wir unsere Suppen sehr schnell schlürfen, denn sie waren sehr gut und wir hatten Hunger.

Mein Kollege redete immer noch unentwegt auf mich ein. Aus Verzweiflung holte ich vorne im Bus zwischendurch Getränke aus dem Kühlschrank. Er redete in der Zwischenzeit lauter, damit ich es vorne verstehen konnte.

Wir wollten noch eine zweite Suppe essen und dann endlich ins Hotel gehen. Ich hoffte, dass er beim Schlafen nicht auch noch reden würde, aber für den Notfall hatte ich Ohrenstöpsel dabei.

So schüttete ich nochmal Pulver in unsere Tassen und füllte sie mit Wasser auf. Inzwischen hatte das Wasser genug Zeit zum Kochen und die Suppen waren richtig heiß.

Mein Kollege redete immer noch, während ich die Suppen auf den Tisch stellte. Er nahm seine Tasse, die ja jetzt richtig heiß war. Aber da er nur mit Reden beschäftigt war hatte er es wohl nicht gemerkt. Denn er wollte die Suppe genauso schnell trinken wie die erste Suppe und merkte zu spät, dass die Suppe viel zu heiß dafür war.

Er verbrannte sich so sehr den Mund, dass er für die restliche Fahrt keinen Ton mehr von sich gab. Ich hatte meine Ruhe und war froh darüber.

Er hatte sich aber nicht nachhaltig schlimm verbrannt. Als wir nach Deutschland zurückkamen ging sein Mundwerk zu meinem Leidwesen wieder einwandfrei.

Volle Toilette

Bei einigen Reisen mussten wir im Urlaubsort nicht nur innen den Bus säubern. Wenn der Bus voll besetzt war und die Reise lange dauerte, dann war manchmal auch die Toilette unterwegs voll. Wir mussten die Toilette dann im Ausland ablassen und mit frischem Wasser füllen für die Rückreise.

Dies war leider nicht überall möglich. Es gab nur wenige Autobahn-Raststätten, die einen Platz zur Verfügung stellten wo die Bus-Toiletten abgelassen werden konnten. Denn die Busreisen waren zwar gerade der Renner in der Reisebranche, aber das Umfeld hatte sich noch nicht darauf eingestellt.

Bei einer Reise an die Costa Brava waren wir schon längere Zeit in Spanien unterwegs als uns ein Fahrgast mitteilte, dass die Toilettenschüssel voll wäre mit Wasser und nicht mehr ablaufen würde.

Zu diesem Zeitpunkt saß ich gerade am Steuer, deshalb ging mein Kollege nach hinten und schaute nach der Toilette. Er kam zurück und teilte mir mit, dass die Toilettenschüssel schon bis zum Rand voll war. Die Flüssigkeit schwappte schon fast über.

Dies war sehr ungünstig, denn die einzige Autobahn-Raststätte zum Entleeren der Toilette hatten wir schon lange passiert. Wir befanden uns bereits auf der Landstraße. Und da konnte dann auch leicht die Brühe überschwappen in den Kurven.

Direkt in den Urlaubsorten an der Costa Brava hatten wir überhaupt keine Möglichkeit, die Toilette abzulassen. Aber wir konnten unmöglich warten bis zur Rückfahrt am Abend, um dann an der Autobahn-Raststätte die Toilette zu entleeren. Der Bus würde den ganzen Tag in der prallen Sonne stehen und abends wäre der Gestank unerträglich. Es wäre eine Zumutung für die Fahrgäste, die heimfahren wollten. Sicher würde dann niemand in den Bus einsteigen. Wir mussten uns etwas einfallen lassen und überlegten angestrengt während der Weiterfahrt.

Da jede Woche immer die gleichen Urlaubsorte angefahren wurden kannten wir die Strecke auswendig und gingen sie in Gedanken durch. Wir kamen zu der Lösung, dass wir nur die Möglichkeit hätten, unterwegs an einem Feldweg die Toilette abzulassen.

Wir hatten auch schon eine günstige Stelle ausgedeutet. Es handelte sich um eine Straßen-Einbuchtung, in die wir mit dem kompletten Bus reinfahren könnten und direkt am Rand die Toilette entleeren würden. Es würde nicht auffallen und niemanden stören. Da es sich beim Toiletteninhalt um biologische Teile handelte dürfte dies auch kein Problem sein. Und außerdem war es ein Notfall.

Nachdem wir nun die Stelle festgelegt hatten verabredeten wir noch den Ablauf. Denn die Toilette konnte nur direkt im Toiletten-Raum umgeschaltet werden auf Entleerung, der Schalter war nicht vom Fahrerplatz aus zu bedienen. Und wir wollten nicht durch den ganzen Bus rufen, schließlich hatten wir noch Fahrgäste im Bus. Diese saßen zwar im Oberdeck, aber wir wollten kein Aufsehen erregen.

Der Feldweg war nicht mehr weit entfernt, vorher mussten wir nur noch durch einen Tunnel fahren und kurz danach wären wir schon dort. Ich sagte zu meinem Kollegen, dass er nach hinten gehen solle. Sobald ich auf dem Feldweg und an der richtigen Stelle wäre würde ich zweimal kurz hupen als Zeichen für ihn. Er solle dann sofort den entsprechenden Hebel umdrehen, damit der Toiletteninhalt rauslaufen kann.

Mein Kollege eilte nach hinten in den Toiletten-Raum , kniete sich auf den Boden in Position und nahm den Hebel in die Hand. Er konnte mich nicht mehr sehen und wartete auf mein Zeichen.

Ich fuhr derweil in den Tunnel rein. Meine Augen gewöhnten sich gerade an die anderen Lichtverhältnisse. Da sah ich in einiger Entfernung vor dem Bus einen jungen Mann. Er saß auf der rechten Fahrbahnbegrenzung und hatte seine Füße und Beine auf meiner Fahrbahn.

Seelenruhig war er gerade dabei, seine Schuhe und Strümpfe auszuziehen und störte sich nicht daran, dass ein Bus kam.

Da ich Gegenverkehr hatte konnte ich nicht auf die Gegenfahrbahn ausweichen. Ich wollte ihm aber auch nicht über die Füße fahren. Der Bus ist breit und benötigt fast die ganze Fahrbahnseite, es wäre sehr knapp geworden.

Reflexartig hupte ich kurz, um den jungen Mann zu warnen, damit er seine Füße rechtzeitig von der Fahrbahn nehmen konnte. Was dieser auch gleich tat, er rutschte zurück auf die Fahrbahnbegrenzung.

Ich fuhr an ihm vorbei und vergewisserte mich mit einem Blick in den Rückspiegel, ob er noch neben der Fahrbahn war. Da fiel mir auf, dass hinter dem Bus Gischt war.

Oh Schreck, die Toilette!

Ich rief durch den Bus zu meinem Kollegen: "jetzt noch nicht"!

Als Antwort kam: "zu spät"!

Ich war durch den jungen Mann im Tunnel abgelenkt und wollte diesen warnen, ohne dabei an das verabredete Zeichen (zweimal hupen) für die Toiletten-Entleerung zu denken. Mein Kollege sah hinten im Toiletten-Raum ja nichts und hatte sofort beim Hupen den Hebel umgedreht.

Der ganze Toiletteninhalt wurde im Tunnel abgelassen auf die Fahrbahn.

Als ich aus dem Tunnel rausfuhr verbreiterte sich die Fahrbahn wieder und die nachfahrenden Autos konnten wieder überholen.

Sie fuhren vorbei mit eingeschaltetem Scheibenwischer, die Fahrer machten drohende Gesten und schimpften. Da schaltete ich schnell den Warnblinker ein und hielt kurz auf der Einbuchtung zum Feldweg an, um eine Panne vorzutäuschen.

Anscheinend glaubten es mir die Autofahrer, denn es blieb niemand stehen um mich zu verhauen.

Heute geschlossen

Eine Toilette ist eigentlich ein ganz natürlicher Platz, bietet aber immer wieder eine Möglichkeit, sich zu amüsieren.

Bei einer unserer vielen Reisen fuhr gerade mein Kollege, ich saß daneben auf dem Reiseleiter-Sitz.

Eine Frau kam zu uns nach vorne und fragte uns, ob sie die Toilette benutzen dürfe. Natürlich durfte sie, dafür ist ja die Toilette da. Wir sagten ihr, dass sie uns deswegen nicht fragen müsse.

Darauf erklärte sie uns, dass die Toilette aber abgeschlossen sei. Sie wäre erst der Meinung gewesen dass jemand in der Toilette drin wäre, aber es sei niemand rausgekommen. Sie würde bereits eine halbe Stunde warten und deshalb dachte sie, die Toilette wäre abgeschlossen worden damit niemand reingehen könnte.

Von uns Fahrern hatte keiner die Toilette abgeschlossen, es musste wohl ein Defekt am Türschloss sein.

Ich nahm den Schlüssel und ging mit der Frau nach hinten zur Toilette. Auch ich probierte, aber die Tür ließ sich nicht öffnen. Deshalb schloss ich mit dem Schlüssel die Toilettentür auf.

Ich öffnete die Tür und wollte gerade das Schloss überprüfen wieso es nicht aufgegangen war, aber dazu kam ich nicht mehr.

Zu meiner Überraschung saß ein Fahrgast auf der Toilette!

Ich weiß zwar nicht was dieser eine halbe Stunde auf der Toilette gemacht hatte, aber wir machten die Tür wieder zu und ließen ihm noch Zeit bis er fertig war

Selbstversorger

Die Toilette war bei uns in den Omnibussen jederzeit für die Fahrgäste geöffnet. Denn welchen Sinn macht es, wenn ein Omnibus zwar über eine Toilette verfügt, aber diese nicht von den Fahrgästen benutzt werden darf. Dann hätte man sich auch das Geld für diese Sonderausstattung sparen können. Aber in manchen Unternehmen wurde die Toilette abgeschlossen, weil es den Fahrern zu viel Arbeit war, die Toilette wieder zu entleeren und zu putzen. Vermutlich wussten die Firmen selbst das gar nicht, es war sicher eine Entscheidung der Busfahrer.

Bei meinen vielen Reisen musste die Toilette nur zweimal abgeschlossen werden. Einmal war etwas kaputt, was wir Fahrer unterwegs während der Reise nicht reparieren konnten. Beim zweiten Mal waren unsere Fahrgäste daran schuld.

Wir sollten Skifahrer in ein Skigebiet nach Frankreich fahren, wo alle Skifahrer in Appartements untergebracht wurden. Die Appartementhäuser waren richtig große Schuppen, auch mit Komfort. Wir nannten diese Skigebiete damals Trabantenstädte.

Die Skigebiete dort sollen super gewesen sein, so erzählten es uns die Skifahrer. Aber die Preise für Lebensmittel und Getränke wären unverschämt hoch. Das lag wohl daran, dass die Unterkünfte direkt oben auf dem Berg in den Skigebieten waren. Alle Artikel mussten auf den Berg befördert werden, was die Preise in die Höhe trieb. Und die Besitzer der Anlagen waren sich dessen bewusst, dass die Gäste keine andere Einkaufsmöglichkeit hatten als in den wenigen vorhandenen kleinen Läden. Der Weg zurück ins Dorf war viel zu weit. Trotzdem war wohl auch nicht alles dort erhältlich was das Skifahrer-Herz begehrte.

Die Skigebiete wurden schon den zweiten Winter angefahren. Dadurch waren unseren Fahrgästen die Umstände wohl schon bekannt. Denn sie hatten derart viel Gepäck dabei, dass wir gar nicht alles im Kofferraum und im Skikoffer unterbringen konnten. Wir mussten sogar Gepäckstücke in den Toilettenraum stellen und deshalb konnte die Toilette während der Fahrt nicht benutzt werden.

Beim Einladen der Koffer mussten wir beiden Fahrer die Koffer gemeinsam in den Kofferraum heben, so schwer waren sie. Keine Ahnung, wie unsere Fahrgäste diese Koffer zum Bus gebracht hatten. Sie sahen nicht wie Bodybilder aus. Viele der Reisenden hatten sich nicht nur die Kleider von zuhause mitgebracht, sondern auch noch Wurstdosen und Konserven eingepackt.

Uns wunderte nur, dass einige der Frauen freiwillig ihren Schminkkoffer unaufgefordert mitnahmen in den Innenraum des Busses. Der Bus war voll besetzt und sie hatten keinen Platz um die Schminkkoffer auf leere Sitzplätze zu stellen. Es blieb nur der Platz unten an den Füssen für die Schminkkoffer, das ist aber nicht gerade bequem für eine lange Reise. Aber uns konnte das nur recht sein, wir wussten sowieso nicht wo wir das viele Gepäck unterbringen sollten.

Nachdem wir an der letzten Haltestelle das restliche Gepäck reingequetscht hatten und losfahren wollten, ging ich erst noch mal durch den Bus um die Fahrgäste zu zählen. Während wir an den verschiedenen Haltestellen Gepäck eingeladen hatten könnte ja jemand ausgestiegen sein aus irgendeinem Grund, deshalb zählten wir grundsätzlich durch. Diesmal hatte ich leicht zu zählen. Denn alle Sitzplätze waren ausgebucht und ich musste nur schauen, ob wirklich auf jedem Sitzplatz jemand saß.

Dabei sah ich auch den Grund für die freiwillige Mitnahme der Schminkkoffer in den Bus-Innenraum. Die Frauen waren wohl doch nicht so eitel wie wir gedacht hatten. In den Schminkkoffern befanden sich überhaupt keine Schmink-Utensilien. Sie waren vollgestopft mit kleinen Sektflaschen (Piccolo) und Unmengen von Schnäpschen. Diese machten schon die Runde, die Party hatte begonnen.

Ein junger Mann konnte leider nicht mitfeiern. Er saß auf seinem Sitzplatz und hielt krampfhaft einen hohen Stapel mit Kartons auf seinen Knien fest. Zwischen diesen Kartons befanden sich rohe Eier. Da der Bus bis zur Autobahn immer mal wieder wackelte musste er die Kartons dauernd balancieren, damit die Eier nicht zu Bruch gingen. Auf meinen verdutzten Blick erklärte er mir: „ich brauch unbedingt morgens meine Frühstückseier". Das war mit Sicherheit eine schlaflose Nacht für ihn.

Fremdsprachen

Leider habe ich es in jungen Jahren verpasst, Fremdsprachen zu lernen. Es war mir als Jugendlicher auch noch nicht bewusst, wie wichtig Fremdsprachen für das spätere Leben sind. Und später hat man oft keine Zeit, weil man erst durch die Lehrzeit und dann durch den Beruf und viele andere Dinge ausgelastet ist. Dies ist auch ein Hinweis für die jüngeren Leser meines Buches, es besser zu machen.

Wegen vieler Buchungen wurden an einem Wochenende zwei Busse gemeinsam nach Paris eingesetzt. Da im Anschluss an die Nacht-Anreise gleich morgens eine Stadtrundfahrt in Paris geplant war, durfte ein Fahrer alleine nicht fahren. Er musste ein paar Stunden unterwegs abgelöst werden, damit er ein wenig schlafen konnte. Ich war als Springer eingeteilt, der jeden Bus nachts ein paar Stunden fahren sollte. Dort in Paris fuhren dann wieder die Kollegen, denn ich kannte mich in Paris noch nicht aus. Aber meine Kollegen waren auf die Paris-Reisen spezialisiert, sie brauchten keinen Stadtführer mehr.

Nach der Stadtrundfahrt war kein Programm mit dem Bus geplant. Schließlich brauchen die Busfahrer auch mal Ruhe und die Fahrgäste sollten die Gelegenheit haben, die Stadt zu erkunden.

Auch ich konnte mir die Stadt zu Fuß anschauen. Ich schloss mich einer kleinen Gruppe aus unserem Bus an, die auch durch die Stadt bummeln wollte.

Nachdem wir einiges abgelaufen und besichtigt hatten bekamen wir Hunger. Es hatte aber einen Haken: da Paris bekanntlich in Frankreich liegt wird französisch gesprochen und geschrieben. Das war ein kleines Hindernis für uns. Denn die Speisekarten vor den französischen Lokalen konnten wir nicht lesen. McDonald und Burger King gab es nicht. Umso mehr freuten wir uns, als wir endlich eine Pizzeria entdeckten. Die Pizzeria machte einen guten Eindruck und die komplette Gruppe ging rein. Selbstverständlich war auch hier die Speisekarte in französisch, wohl auch noch in englisch. Aber leider natürlich nicht in deutsch. Naja, was soll bei Pizza schon schief gehen?

Ich merkte gleich, dass die anderen auch keine Fremdsprachen beherrschten. Das beruhigte mich zwar, war aber überhaupt nicht hilfreich.

So rätselten wir alle, was angeboten wurde. Bei manchen Begriffen konnte man sich die Übersetzung denken, andere Begriffe waren zu fremd. Nach langem Rätseln fanden wir eine Pizza, die uns zusagte. Wir konnten Käse entziffern, außerdem waren "Onions" dabei.

Eine Frau aus unserer Gruppe war sich sicher: Onions sind Pilze! Das hörte sich gut an, eine Pizza mit Käse und Pilzen war bestimmt lecker. Da wir ansonsten sowieso nichts übersetzen konnten bestellte jeder von uns diese Pizza. Mittlerweile hatten wir alle großen Hunger.

Wir mussten nicht allzu lange warten, bis die Pizzen fertig waren und serviert wurden.

Als die Bedienung die Pizza brachte sind wir erschrocken: auf jeder Pizza war eine riesige Menge Zwiebeln angehäuft!

Wir überlegten gerade wie wir der Bedienung verständlich machen könnten, dass sie uns die falsche Pizza gebracht habe.

Da fiel es unserer "Übersetzerin" plötzlich ein: Onions sind keine Pilze - Onions sind Zwiebeln!

Umtauschen war natürlich nicht möglich. Glücklicherweise mochten einige aus der Gruppe gerne Zwiebeln, sonst hätten wir ein großes Problem gehabt.

Unter den fragenden Augen der Bedienung kratzten mehrere aus der Gruppe ihre Zwiebeln von der Pizza und gaben sie denen, die sie essen mochten. Die irritierten Blicke der Bedienung ignorierten wir.

Was haben wir daraus gelernt?

Wer Fremdsprachen beherrscht ist klar im Vorteil!

Auch einer meiner Kollegen wollte es mit Fremdsprachen versuchen und einen weltmännischen Eindruck machen:

Als bei der Abreise aus dem Hotel ein paar Mädchen von unserer Gruppe kamen fragte er sie: wo ist die Bagage? Die Mädchen waren ganz entrüstet, was ihm einfallen würde, sie als Bagage zu bezeichnen.

Mein Kollege wollte ja nur wissen, wo sie ihr Gepäck (Bagage) hätten.

Aber die Mädchen kannten diesen Begriff nur aus Deutschland, wo man abfällig von anderen Leuten als "Bagage (gesprochen: Bagasche)" spricht.

Die Angelegenheit konnte zum Glück gleich vor Ort aufgeklärt werden, und die Mädchen ärgerten sich nicht mehr.

Eiszeit

An heißen Tagen wurde natürlich auch die Klimaanlage im Bus eingeschaltet, diese kann nur vom Fahrerplatz aus geregelt werden.

An einem heißen Sommertag fuhr ich eine Gruppe in die Pfalz. Sie wollten dort wandern und nach 3 Tagen wieder abgeholt werden. Da ein neuer Bus wegen Reklamationen zum Bus-Hersteller ins Werk musste bekamen wir von dort einen Ersatzbus für diesen Zeitraum. Mir wurde für diese Fahrt in die Pfalz der geliehene Ersatz-Bus eingeteilt, den ich vorher noch nicht gefahren hatte.

Ich stellte wieder im Oberdeck alle Düsen und Lautsprecher auf die mittlere Stufe und überprüfte die Lautstärke der Musik. Dann fuhr ich zur Einladestelle, um die Gruppe aufzunehmen.

Unterwegs schaltete ich schon die Klimaanlage ein, damit die Fahrgäste nicht so sehr schwitzen müssen. Wir verluden das Gepäck und starteten dann in Richtung Pfalz.

Als wir etwa eine Stunde unterwegs waren kam eine Frau aus dem Oberdeck runter zu mir an den Fahrerplatz. Sie fragte mich, wann eine Pause geplant wäre. Darauf antwortete ich, eigentlich hätte ich keine Anweisung eine Pause einzulegen, die Strecke wäre ja nicht weit. Aber wenn eine Pause gewünscht wäre dann würde ich natürlich stehen bleiben. Sie solle es bitte mit dem Leiter der Gruppe absprechen, ob und wann eine Pause eingelegt werden solle. Da sagte die Frau zu mir, sie müsse ganz dringend an ihren Koffer, sie würde es nicht länger aushalten.

Ich nahm an, dass es sich um einen Notfall handelt und blieb an der nächsten Einbuchtung stehen. Meine Neugier war groß und ich fragte, was sie aus dem Koffer holen wolle. Sie antwortete, sie würde unbedingt eine Jacke brauchen, sie wäre schon ganz durchgefroren. Es sei so sehr kalt im Bus.

Ich ging die Treppe hoch ins Oberdeck und wollte die anderen Fahrgäste fragen ob es denen auch zu kalt sei.

Viele der Fahrgäste saßen in ihre Jacken vermummt in den Sitzen und zogen das Genick ein. Dass sie nicht mit den Zähnen klapperten wunderte mich, denn von der Decke aus der Klimaanlage kamen kalte Nebelschwaden. Nun war mir auch klar, warum niemand von den Fahrgästen kalte Getränke bei mir geholt hatte. Wahrscheinlich hatten sie Bedenken. dass sie an der Flasche festfrieren würden.

Natürlich schaltete ich sofort die Klimaanlage aus. Wenn die Fahrgäste was gesagt hätten, dann hätte ich das schon viel früher gemacht. Selten, dass man so ruhige Fahrgäste erwischt, die sich nicht beschweren.

Es stellte sich hinterher heraus, dass bei dem geliehenen Bus die Klimaanlage neu befüllt worden war und eine super Leistung (Kühlung) brachte.

Alles neu

In den Jahren zwischen 1980 und 1990 war der Buß- und Bettag in Deutschland noch ein bundesweiter Feiertag, der immer an einem Mittwoch Mitte November gefeiert wurde.

Es bot sich sehr gut an, in dieser Woche die ersten Skireisen der Saison zu veranstalten.

So fuhren die ersten Busse am Freitag vor dem Feiertag abends los und kamen am Feiertag (Mittwoch) abends wieder zurück. Die nächsten Busse fuhren am Dienstag vor dem Feiertag abends los und kamen am darauffolgenden Sonntag wieder zurück.

Dies war für die Skifahrer sehr günstig, denn sie mussten sich nur zwei Tage Urlaub nehmen. Entweder Montag und Dienstag oder bei der zweiten Tour Donnerstag und Freitag. Die restlichen Tage hatte die Mehrheit sowieso frei, weil dies ja immer Wochenenden waren.

Die Busse fuhren verschiedene Gletscher-Skigebiete an, denn in den Tälern war im November noch nicht genug Schnee zum Skifahren. So wurde regelmäßig das Pitztal, Ötztal und Stubaital angefahren.

In diesen Jahren wurde in Österreich ein neues Skigebiet eröffnet: der Kaunertaler Gletscher. Er war bei den Skifahrern noch nicht bekannt, sozusagen ein Geheimtipp.

Natürlich wurde er gleich im ersten Jahr der Eröffnung ins Winter-Programm aufgenommen. Man wollte den Skifahrern ja Abwechslung bieten, zumal es meist Stammkunden waren.

Meine Kollegen hatten sich schon ihre Lieblings-Skigebiete ausgesucht, so blieb für mich die erste Fahrt zum Kaunertaler Gletscher übrig.

Es waren etwa 20 Personen angemeldet, dafür wurde ein 28-Sitzer Reisebus eingeteilt.

Ich hatte den Auftrag erhalten, mir das Skigebiet und das Hotel anzuschauen. Wenn ich nach der Skireise positives berichten könnte, dann sollte dieses neue Skigebiet auch für die nächsten Jahre im Programm sein. Ich war sozusagen der Tester.

Zu diesem Zeitpunkt wusste ich noch nicht, dass auch ich getestet werden würde, und zwar vom Wetter und von den Straßenverhältnissen.

Bei dieser ersten Skifahrt kam so einiges zusammen.

Es begann schon bei der Anreise in der Nähe von Ulm mit dem ersten Schnee. Für diese Jahreszeit noch zu früh, aber wir waren darauf eingestellt. Der Bus war ausgerüstet mit Winterreifen und Frostschutz, die Schneeketten lagen im Kofferraum. Diese lagen dort allerdings nicht lange, denn vor dem Fernpaß musste ich schon die Schneeketten aufziehen. Damit konnte der Fernpaß mühelos passiert werden und die Reise ging weiter in das Kaunertal.

Im Hotel erwartete uns ein gutes Frühstück. Danach konnten sich die Fahrgäste in einem separaten Raum ihre Ski-Kleidung anziehen und es konnte losgehen.

In manchen Skigebieten wurden die Busse im Tal geparkt und die Skifahrer fuhren mit einer Bahn oder Gondel hoch zum Gletscher. In anderen Skigebieten fährt der Bus direkt bis zum Parkplatz am Gletscher, so wie es auch im Kaunertal der Fall ist.

Wir starteten kurz nach dem Frühstück unsere Fahrt zum Skigebiet, totales Neuland für mich. Ebenso gespannt waren die Skifahrer auf das neue Gebiet.

Landschaftlich war es schön, denn nach nur wenigen Kilometern kamen wir zu einem Stausee. Am Ufer des Stausees führt die Straße entlang zum Berg, an dem sich über viele Serpentinen die Straße in die Höhe schraubt.

Wir brauchten vom Hotel eine Dreiviertel-Stunde bis wir den Parkplatz am Gletscher erreicht hatten.

Gleich neben dem Parkplatz befand sich das Gletscher-Restaurant.

An diesem Tag war es sehr kalt, etwa 20 Grad minus. Die Sonne schien zwar, aber es wehte ein eisiger Wind.

Wir waren der einzige Bus auf dem Parkplatz und Pkw waren auch nur wenige da. Meine Fahrgäste waren alleine am Lift und konnten sich gleich auf den Skipisten verteilen.

Da ich zu diesem Zeitpunkt noch nicht selbst Ski gefahren bin, habe ich schnell den Bus innen gereinigt. Danach habe ich den Aufenthalt im Gletscher-Restaurant vorgezogen, denn es wurde empfindlich kalt im Bus.

Wegen der Kälte ging ich auch spätestens nach jeder verstrichenen Stunde raus zum Bus und habe diesen gestartet und den Motor einige Zeit laufen lassen. Natürlich hatte ich dabei auch immer die Armaturen im Blick, alle Instrumente zeigten normale Werte an. Ich wollte vermeiden, dass etwas einfriert.

Leider waren meine Bemühungen umsonst. Als meine Fahrgäste nachmittags zum verabredeten Zeitpunkt am Bus eintrafen und wir die Rückfahrt zum Hotel antreten wollten, war am Bus etwas eingefroren. Ich konnte zwar den Bus starten, aber er bekam keine Luft und ich konnte deshalb die Bremse nicht lösen.

Ich erklärte den Fahrgästen den Sachverhalt und schickte sie zurück in das warme Restaurant. Danach machte ich mich auf die Suche nach dem Problem. Zwei Fahrgäste aus der Gruppe wollten mir unbedingt helfen und blieben bei mir, was mich natürlich freute.

Es stellte sich heraus, dass das Überströmventil vom Druckregler zum Vierkreisschutzventil eingefroren war.

Mir blieb nichts anderes übrig, ich musste unter den Bus kriechen. Mit Hilfe eines angezündeten Handschuhs taute ich nach und nach von hinten nach vorne unter dem Bus die Leitung auf. Bis es endlich zischte und die Luft wieder durchströmte. Meine Helfer waren erleichtert und holten die Gruppe aus dem Restaurant.

Inzwischen war es leider trüb geworden und sehr neblig. Man konnte maximal einen Meter nach vorne schauen, mehr nicht.

Ganz schlecht war, dass der Nebel und der Schnee zu einer Einheit verschmolzen waren. Man konnte praktisch gar nichts mehr erkennen.

Ich wusste zwar in etwa wo sich die Ausfahrt vom Parkplatz auf die Straße befinden müsste, habe sie aber beim ersten Anlauf nicht gefunden. Ein kleiner Trost war mir, dass auch die Pkw-Fahrer die Ausfahrt nicht fanden, sie hängten sich deshalb an den Bus dran. So zog ich mit dem Bus und einigen Pkw im Schlepptau noch eine Runde über den Parkplatz und tastete mich langsam an die Ausfahrt ran. Nachdem ich die Ausfahrt gefunden hatte begannen erst richtig die Probleme. Ich kannte die Strecke nicht, wusste also überhaupt nicht, wann ich geradeaus fahren musste und wann die nächste Kurve kam. Vor mir war nur eine riesige weiße Wand! Niemand konnte zwischen Schnee und Nebel unterscheiden und keiner konnte mir sagen wie ich fahren musste. Deshalb fuhr ich nur im Schritt-Tempo den Berg hinunter. Am Stausee angekommen lichtete sich endlich der Nebel und wir konnten in normalem Tempo bis zum Hotel weiterfahren.

Kein einziger der Fahrgäste meckerte rum oder beschwerte sich.

An den restlichen Tagen hatten wir wunderschönes Wetter und die Skifahrer konnten sich auf den Pisten austoben.

Diese Reise war der Beginn von einigen wunderbaren jahrelangen Freundschaften, von denen manche sogar bis heute noch bestehen. Wir verstanden uns untereinander alle sehr gut und hatten viel Spaß miteinander. Deshalb beschlossen wir, ein Jahr später die gleiche Reise wieder gemeinsam durchzuführen. Im Laufe des Jahres trafen wir uns noch einmal und freuten uns schon auf die nächste Reise ins Kaunertal.

Insgesamt fuhren wir über 10 Jahre zum Skifahren in das Kaunertal und hatten jedes Mal viel Spaß unterwegs - besonders ich!

Skirennen

Ich kannte bei diesen Fahrten ja nun meine Fahrgäste und wusste, dass sie Gaudi mitmachen. So konnte ich mir im Laufe jeden Jahres etwas Neues zur Belustigung einfallen lassen.

Da ich anfangs nicht selbst Ski gefahren bin überlegte ich mir Spiele außerhalb der Skipiste. Es waren jüngere und ältere Skifahrer, deshalb ließ ich mir immer Spiele einfallen, bei denen wirklich Jeder mitmachen konnte.

Einmal besorgte ich ein Paar alte und abgenutzte Skier. Beim Anblick dieser Skier hätte ein normaler Skifahrer die Hände vor dem Gesicht zusammengeschlagen vor Entsetzen. Von diesen Skiern montierte ich die Bindung für die Skischuhe ab und baute das ganze so um, dass man mit normalen Straßenschuhen die Skier anziehen konnte. Die neue Bindung aus Gummis war zwar nicht professionell, aber sie diente ihrem Zweck und hielt die Skier an den Schuhen fest.

Unterwegs bei der Hinfahrt ins Skigebiet legte ich eine Pause auf einem Autobahn-Parkplatz ein und holte diese Skier aus dem Kofferraum. Dann wurde ein Skirennen auf dem Autobahn-Parkplatz ausgetragen. Natürlich ohne Schnee! Das machte den gewissen Reiz aus!

Ich band mir zuerst die Skier an und zeigte, wie ich mir das ganze vorgestellt hatte. Ich versuchte, um den Bus zu rennen, wobei die Gummis immer wieder die Skier weg-flutschen ließen. Die Bindung war doch noch nicht so ganz ausgereift. Aber man sah die Funken auf dem Asphalt fliegen, sah gut aus.

Danach durfte jeder Fahrgast mit den Skiern um den Bus rennen. Die Zeit wurde gestoppt und der schnellste gewann einen kleinen Sekt. Es war eine Super-Gaudi, wir hatten viel Spaß.

Bei einer anderen Fahrt brachte ich einen Schlitten mit für das Parkplatz-Rennen. Hier traten dann immer zwei Skifahrer gemeinsam an. Der eine saß auf dem Schlitten und der andere hat den Schlitten um den Bus gezogen. Damit es nicht zu einfach war hatte ich die Schnur zum Ziehen ausgetauscht in einen Gummizug.

Das war lustig! Der Läufer war mit dem Gummi schon ein paar Meter vom Schlitten weg, bis der Gummi gespannt war und der Schlitten nachgezogen werden konnte. Dann endlich bewegte sich der Schlitten und schnellte in die verschiedensten Richtungen. Natürlich nicht dahin wo er hin sollte, zur Belustigung der Gruppe und ganz besonders für mich.

Es ließ nicht lange auf sich warten bis die Gruppe mich überredete, dass ich auch Skifahren sollte. Ich ließ mich überzeugen und besorgte mir die notwendigen Utensilien.

Jetzt konnten wir die Gaudi-Rennen auf die Piste verlegen.

Ein Freund, der auch jedes Jahr mitfuhr, half mir das Jahr über, Preise für die Siegerehrung zu sammeln. Denn nicht nur der Sieger, sondern alle Teilnehmer sollten einen Preis erhalten.

Auch für diese Skirennen überlegte ich mir immer lange, wie ich sie gestalten könnte. Es sollte ja kein normales Skirennen nach Zeit sein, denn wir hatten sehr schnelle Skifahrer in der Gruppe und auch gemächlich fahrende Skifahrer. Jeder sollte die gleiche Chance bekommen, zu gewinnen. Sonst macht das ganze auch keinen Spaß, wenn jeder von vorneherein schon weiß wer der Sieger ist. Nein, es sollte spannend mit ungewissem Ausgang sein.

Ab der dritten Reise hatten wir den Aufenthalt im Kaunertal verlängert von Sonntag bis Samstag. Es gefiel der Gruppe sehr gut dort und die ersten Fahrten waren ihnen zu kurz. Dadurch, dass wir nur Montag bis Freitag auf den Gletscher fuhren zum Skifahren, hatten wir keine überlaufenen Pisten und konnten uns austoben.

So konnten wir uns auch eine schöne Stelle für das Skirennen aussuchen. Wir wählten einen nur leicht ansteigenden Hügel, der nicht weit vom Busparkplatz entfernt war. Denn wir mussten ja das ganze Material hinschleppen.

Unsere private Rennstrecke steckten wir mit roten Stangen ab und banden Absperrbänder um die Strecke. Damit die Strecke von fremden Skifahrern gesehen und umfahren werden konnte.

Danach markierten wir Start und Ziel, sowie die zwei dazwischen liegenden Stationen. Hier postierte ich jeweils einen Helfer für die sogenannten Zwischenprüfungen, die es den langsameren Skifahrern ermöglichen sollten, Zeit aufzuholen.

Nachdem alles fertig aufgebaut war startete ich als erster Fahrer, jedoch ohne Wertung. Ich fuhr die Strecke ab und zeigte der Gruppe den von mir ausgedachten Ablauf an.

Nach dem Start ging die Strecke zügig bergab bis zur ersten Zwischenstation, wo das Tempo voll abgebremst werden musste. Hier war es Pflicht, die Handschuhe auszuziehen. Dann musste man drei vorgegebene Wörter aufschreiben. Danach war es vorgegeben, die Handschuhe wieder anzuziehen.

Es ging dann auf ebener Strecke zu der auf gleicher Höhe liegenden 2. Station. Man konnte also diesmal nicht mit den Skiern fahren, sondern mehr mit den Skiern laufen. An der zweiten Station mussten wieder die Handschuhe ausgezogen werden. Hier wartete auf jeden Teilnehmer ein kleiner Apfelkorn. Dies waren die ganz kleinen Schnapsfläschchen, bei denen man den Verschluss aufschrauben musste, was manchmal sehr schwer ging. Wer keinen Apfelkorn trinken wollte aus irgendeinem Grund, der musste auch das Fläschchen öffnen und dann warten bis die dort bereitstehende Hilfskraft den Apfelkorn getrunken hatte. Hierfür hatte ich extra einen trinkfesten Helfer engagiert. Nachdem der Apfelkorn getrunken war musste man erst wieder die Handschuhe anziehen, bevor man weiterfahren durfte.

Die Strecke führte weiter bergab zur 3. Station, die man zweimal umrunden musste bevor man weiterfahren durfte ins Ziel.

Nachdem ich der Gruppe den Ablauf gezeigt hatte stellte ich mich im Ziel auf mit einer Stoppuhr, das Rennen konnte beginnen.

Die Zeiten von jedem einzelnen Teilnehmer notierte ich mir. Da ich als einziger die Zeiten und das Ergebnis kannte blieb die Spannung erhalten bis zum Abend.

Nach dem Abendessen gab ich dann die Ergebnisse bekannt und verteilte die Preise.

Es wurde immer ein sehr lustiger Abend, der sich weit in die Nacht zog. Je später der Abend, desto lustiger die Gäste!

Der Alkoholkonsum macht bekanntlich zudem übermütig.

So waren wir an einem Abend bzw. in der Nacht zu dritt damit beschäftigt, eine leicht (oder auch schwer) angetrunkene Frau zu bändigen, die durch die verschiedenen Stockwerke des Hotels lief und überall die Bilder abhängte und die Dekorationen umstellte. Einer versuchte, die Frau davon abzuhalten. Was gar nicht so einfach war! Sie riss sich immer wieder los und konnte entwischen, um weiteres Durcheinander anzurichten.

Die zwei anderen waren damit beschäftigt, die umgestellten Gegenstände wieder an ihren richtigen Platz zu bringen.

Bei dieser Aktion ging es auch nicht unbedingt geräuschlos zu. Zum einen klapperten die Gegenstände, zum anderen mussten wir auch dauernd lachen über diese komische Situation.

Damit hatten wir dann auch einige aus unserer Gruppe wieder geweckt, die schon früher schlafen gegangen waren. Es schlossen sich immer mehr an, und zogen durch die Hotelflure.

Irgendwann landete etwa die Hälfte unserer Bus-Gruppe in einem der Zimmer, wo weitergefeiert wurde. So etwa sechs Personen machten es sich auf dem Bett gemütlich, der Rest war im Zimmer verteilt.

Einer der Mitreisenden hatte noch zwei Flaschen Schnaps, die er eigentlich seinen Verwandten nach Deutschland mitnehmen wollte. Dazu kam es nicht mehr, der Schnaps wurde im Zahnputzbecher an die Anwesenden verteilt. Natürlich ging es lustig zu. Es wurden Witze erzählt und Scherze gemacht.

Es muss wohl doch ein wenig zu laut gewesen sein. Denn mitten in der Nacht klopfte es heftig an die Tür. Wir meinten natürlich, andere aus unserer Gruppe wollten auch mitfeiern. Aber stattdessen stand die Hotel-Wirtin im Nachthemd vor der Tür!

Wir wollten sie gerade fragen, ob sie mitfeiern möchte. Aber sie meinte, wir hätten genug gefeiert und schickte uns auf unsere eigenen Zimmer.

Apres-Ski

Nicht weit vom Hotel entfernt befand sich das öffentliche Hallenbad mit einer Kegelbahn im Keller. Als Abwechslung zum Skiprogramm reservierten wir bei jeder Kaunertal-Reise für einen Abend beide Kegelbahnen.

Schon an den Tagen vor dem Kegel-Abend wurden im Bus die beiden Kegel-Gruppen ausgelost. Ab diesem Zeitpunkt hatten wir dann immer Gaudi unterwegs. Sobald einer was vom anderen wollte kam zuerst die Frage: zu welcher Kegel-Gruppe gehörst du? Jede Gruppe wollte natürlich die Gewinner-Gruppe werden. Beide Gruppen schaukelten sich bereits vor dem Kegel-Abend hoch.

An dem Tag mit dem Kegel-Programm bereitete ich auf der Rückfahrt vom Gletscher stimmungsmäßig die Gruppe darauf vor. Im Bus erzählte ich Witze und legte Partymusik auf, bei der die Gruppe mitsingen konnte und Gaudi machte. Es ging so weit, dass die Gruppe im Gang tanzte, sodass der ganze Bus auf und ab wippte. Vom Berg unten am Stausee angekommen gab es eine Stelle wo ich stehen bleiben konnte, ohne den Verkehr zu behindern. Hier öffnete ich beide Bustüren und wir alle machten eine Polonaise durch den Bus - vorne aus der Tür raus und hinten wieder rein in den Bus. Bis wir am Hotel ankamen waren alle total aufgedreht und gut auf den Kegelabend vorbereitet.

Sofort nach dem Abendessen liefen wir zur nahe gelegenen Kegelbahn. Hier losten wir die Bahnen aus und dann begann der Spaß.

Die Kegelbahn war nicht geeignet für professionelle Wettkämpfe. Denn die Bahnen waren nicht ganz eben und die Kegel verhedderten sich öfters mal in den Seilen. Die Kegelbahn war wirklich nur zum Gaudi-Kegeln geeignet. Also genau richtig für uns!

Um die Spannung und den Ehrgeiz zu erhöhen ließ ich mir jedes Jahr eine neue Aufgabe für die Verlierer-Gruppe einfallen.

Dies wurde dann immer vor Beginn des "Kegelturniers" bekannt gegeben, damit jeder Teilnehmer wusste, was er zu verlieren hatte.

Mal durfte die Verlierer-Gruppe den Gewinnern ein Getränk spendieren, mal musste die Verlierer-Gruppe den Bus ein paar Meter über den Parkplatz schieben, usw.

In einem Jahr gab ich bekannt, dass die Verlierer-Gruppe am nächsten Morgen nach dem Kegelabend mit dem Postbus zum Gletscher fahren müsse. Alle gaben ihr bestes beim Kegeln. Der "Tannenbaum" wurde mehrmals auf- und abgebaut und die gegnerische Mannschaft wurde dabei genau beobachtet, damit ja niemand schummeln konnte. Nach einigen Durchläufen wurde das letzte und entscheidende Spiel gemacht, dann standen Gewinner und Verlierer fest.

Ich hatte Glück, ich war bei den Gewinnern!

So konnten wir die Verlierer-Gruppe damit aufziehen, dass sie mit dem Postbus fahren müssten. Denn ich konnte die Gewinner-Gruppe mit unserem Bus fahren. Es musste ja eigentlich so ausgehen, denn wenn ich verloren hätte müsste ich mit dem Postbus fahren. Wäre für mich kein Problem. Aber wer fährt dann meinen Bus mit den Gewinnern zum Gletscher??

Aber es war sowieso nur als Scherz gemeint, einfach der Gaudi wegen. Es wurde wieder ein langer und lustiger Abend.

Am nächsten Morgen trafen wir uns alle wieder beim Frühstück. Hier gab ich gleich bekannt, dass die Fahrt mit dem Postbus natürlich nur ein Scherz war und niemand erwartete, dass die Verlierer-Gruppe mit dem Postbus fahren würde.

Aber die Verlierer hatten sich schon vorher abgesprochen und machten sich ihren eigenen Spaß aus ihrer Niederlage. Sie ließen sich nicht überreden, bei uns im Bus mitzufahren.

Nach dem Frühstück sahen wir sie an der Postbus-Haltestelle stehen, als wir mit dem Bus zum Gletscher hochfuhren. Sie winkten uns großzügig zu und machten so, als würden sie sich auf die Fahrt im Postbus freuen.

Um mich aufzuziehen hielten sie mir dann auf dem Gletscher einen Vortrag, wie schön die Fahrt im Postbus war. Und der Postbus würde viel schneller fahren als ich, sie waren schneller auf dem Gletscher als mit mir.

Wir hatten wieder viel zu lachen im Bus, als wir gegen Abend gemeinsam zum Hotel zurückfuhren. Und am nächsten Morgen waren wieder alle froh, gemeinsam zum Gletscher zu fahren.

Unordnung in den Zimmern

Der Chef des Hotels war auch Omnibusfahrer, er fuhr den Postbus auf verschiedenen Strecken. Damit hatte er schon gleich meine Sympathie. Abends half er nach seinem Dienst im Hotel mit, zum Beispiel auch beim Auftragen des Abendessens. Nachdem er alles auf dem Tisch abgestellt hatte ging er mit dem leeren Tablett wieder weg. Dabei kam es ab und zu vor, dass er absichtlich das Tablett fallen ließ. Die ganze Gruppe war furchtbar erschrocken, aber der Chef grinste. Da merkten wir, dass auch er ein Spaßvogel war, er machte unsere Scherze mit.

Das hatte für mich einen ganz großen Vorteil: ich hatte mit ihm einen Verbündeten. Und auch sein Sohn heckte mit mir zusammen so manchen Streich aus. Dadurch war es für mich auch kein Problem, an den Generalschlüssel für alle Zimmer zu kommen.

Mit dem Generalschlüssel hatte ich eine Liste mit den Zimmernummern unserer Gruppe bekommen. Jetzt konnte ich mich austoben!

Zwischen dem Abendessen schlich ich mich unter einem Vorwand weg, um mein Unwesen zu treiben.

Alles, was in den Zimmern zurückgeblieben war (und das ist ja viel bei einer mehrtägigen Reise) war vor mir nicht sicher!

Den Rauchern rieb ich ganz scharfes Chili-Pulver auf das Mundstück der Zigarette.

Bei manchen Zigaretten gelang es mir auch, vorne ein Zündplättchen vom Kinder-Fasching reinzustecken, ohne dass man es sehen konnte.

In die Zahnpasta-Tuben drückte ich Salzstangen rein.

Manchmal schmierte ich die Türklinken mit Creme ein.

Aus Deutschland hatte ich Schwefelpulver mitgebracht, dieses stinkt fürchterlich wie überfaule Eier. Von dem Schwefelpulver klebte ich kleine Mengen auf Blätter mit dem Vermerk: „neues Parfüm erfunden". Die Blätter verteilte ich in mehreren Zimmern.

Es war ja alles harmlos, ich machte nichts kaputt, außer vielleicht die Zahnpasta. Schwierig war nur, mich nicht während meinen Späßen erwischen zu lassen. So musste ich mich auch einmal schnell im Bad verstecken, weil jemand ins Zimmer kam um etwas zu holen. War grad nochmal gut gegangen.

Mein kleiner Neffe hatte einen neuen Wecker geschenkt bekommen, den ich gut für meine Streiche gebrauchen konnte. Im Tausch gegen Süßigkeiten konnte ich meinen Neffen überzeugen, mir den Wecker für diese Kaunertal-Woche auszuleihen.

Ich versteckte den Wecker jeden Abend in einem anderen Zimmer, dort wo er nicht leicht gefunden werden konnte.

Wie gesagt, es war ein Wecker. Ein Wecker hat die Aufgabe, schlafende Menschen zu wecken. Damit er auch wirklich seinen Zweck erfüllen konnte und die Menschen nicht schon wach waren bevor der Wecker in Aktion tritt, stellte ich die Weck-Zeit auf nachts 03.00 Uhr. Macht ja sonst keinen Sinn.

Die Besonderheit von diesem Wecker: er hatte die Form von einem Hahn. Zur eingestellten Weckzeit fing der Hahn-Wecker an zu krähen "kikeriki, kikeriki,.......", und er hörte erst auf zu krähen wenn man auf den Kamm des Hahns drückte. Dann erklang ein "Guten Morgen".

Meine ersten schlafenden Opfer waren beim Aufwachen so durcheinander, dass sie draußen vor dem Fenster einen Hahn suchten. Natürlich fanden sie keinen. Erst langsam merkten sie dann, dass das "kikeriki" aus dem Zimmer kam. Sie mussten einige Zeit suchen, bis sie den Wecker gefunden hatten. Morgens waren sie noch sehr müde.

Zu meinem Bedauern hat sich der Wecker-Sketch schnell rumgesprochen. Aber da niemand wusste wann der „Hahn" bei Ihm versteckt ist, suchte abends nun jeder vorm Zubettgehen erst mal das Zimmer nach dem Wecker ab. Zum Glück fand ich immer wieder gute Verstecke und konnte einige Gäste drankriegen. Ich konnte damit die Mitreisenden die ganze Woche unter Spannung halten.

Zur Wochenmitte sprach mich im Hotel ein fremdes Pärchen an. Sie fragten mich, ob ich der Busfahrer sei, der dauernd die Streiche ausheckt. Natürlich bejahte ich und fragte, woher sie das wissen. Darauf erzählten sie mir, dass sie auch im Hotel wohnen. Sie würden es lustig finden, dass ich mit meiner Gruppe immer Streiche mache. Aber ich sollte sie bitte in Zukunft verschonen.

Es stellte sich heraus, dass die Zimmernummer von diesem Pärchen fälschlicherweise auf meiner Gruppen-Liste gelandet war und ich hatte natürlich auch in diesem Zimmer mein Unwesen getrieben.

Ski wachsen

Innerhalb der Skigruppe gab es jedes Jahr ein wenig Konkurrenz, denn jeder wollte der beste Skifahrer und der schnellste Skifahrer sein. Wobei es sich meistens nur um Wortgeplänkel im Spaß handelte.

Ein Freund aus unserer Skigruppe wollte mal besonders schnell sein und allen anderen davonfahren. Deshalb kaufte er abends im Sportgeschäft Wachs, um seine Skier schneller zu machen.

Vor dem Abendessen setzte er sich in den Skikeller und strich das Wachs von oben bis unten auf die gesamte Laufffläche seiner Ski. Beim Abendessen strahlte er dann siegessicher und erzählte den anderen Skifahrern, dass er am nächsten Tag jedem davonfahren würde. Er war sowieso ein sehr guter und schneller Skifahrer. Dann würde ihn wohl keiner aus der Gruppe mehr einholen.

Am nächsten Morgen wurden während der Fahrt zum Gletscher im Bus Wetten abgeschlossen. Unser Freund war der festen Überzeugung, dass er der schnellste ist. Zwei andere Skifahrer aus der Gruppe wollten mit ihm Rennen fahren, um zu sehen wer wirklich der schnellste sei. Wir konnten nicht schnell genug ins Skigebiet kommen.

Gleich bei der Ankunft sprangen alle aus dem Bus und schnappten sich ihre Skier. Der morgendliche Einkehrschwung in das Gletscher-Restaurant wurde auf später verschoben. Die ganze Gruppe wollte dabei sein, wenn die Wette ausgetragen wird.

In der Nacht hatte es reichlich Neuschnee gegeben. Da ich den Bus immer am Rand des Parkplatzes parkte, konnten direkt am Bus bereits die Ski angeschnallt werden. Es war nur ein kurzer Weg zum Lift und konnte schon mit den Skiern gefahren werden durch den Neuschnee.

Auch unser Freund stieg in die Skibindung. Dann nahm er seine Skistöcke und stieß sich damit fest ab, um mit den Skiern zum Skilift zu gleiten. Plötzlich fiel er mit dem Oberkörper nach hinten, er konnte sich gerade noch ausbalancieren sonst wäre er umgefallen.

Seine Skier hatten sich keinen Millimeter bewegt. Er versuchte es noch mal und stieß sich noch mal mit den Skistöcken ab, diesmal aber vorsichtiger. Wieder nichts! Die Skier bewegten sich nicht. Es war, als wären sie auf dem Schnee festgeklebt.

Wir waren ratlos!

Unser Freund löste die Skibindung und stieg von den Skiern ab.

Dann nahm er einen Ski und hielt ihn hoch. Unten am Ski klebten etwa 3 cm Schnee, und zwar auf der kompletten Länge. Das war sehr ungewöhnlich und kam sonst nie vor. So etwas hatten wir noch nicht gesehen.

Einer aus der Gruppe fragte unseren Freund ob er die Skier mit Uhu eingeschmiert hätte, das würde ja super kleben. Aber das dementierte unser Freund gleich. Er hätte extra gutes Wachs gekauft. Dann zog er die Wachs-Dose aus seiner Tasche und zeigte sie. Da wir uns mit Wachs nicht auskennen nahmen wir die Dose und wollten schauen was draufsteht. Der Markenname stand in großen Buchstaben drauf. Wie so oft stand das wichtigste im Kleingedruckten: "Steig-Wachs"!

Nun war alles klar, das Gelächter war groß!

Unser Freund hatte wohl im Laden seine Brille nicht aufgesetzt, um das Kleingedruckte zu lesen. Aber er bewies uns, dass er trotzdem der schnellste war, und zwar bergauf. Es konnte an diesem Tag keiner so schnell mit den Skiern den Berg rauflaufen wie unser Freund!

Selbstgebrannt

Bei einer meiner Österreich-Reisen wollte mir ein Hotelier etwas Gutes tun. Er schenkte mir eine Flasche mit einem Liter Schnaps. Dabei betonte er extra, dass der Schnaps etwas Besonderes sei, denn sein Vater hätte ihn selbst gebrannt.

Ich trinke zwar auch ab und zu Alkohol, aber mit Schnaps konnte ich nun mal überhaupt nichts anfangen. Nun wollte ich aber den Hotelier nicht verärgern, Geschenke darf man aus Höflichkeit ja auch nicht ablehnen. Deshalb nahm ich die Flasche an und fuhr mit dem Bus nach Hause.

Unterwegs überlegte ich, was ich mit dem Schnaps machen könnte. Da er noch dazu besonders gut sein sollte konnte ich ihn schließlich nicht wegschütten. Das wäre ja zu schade gewesen. Nach kurzer Überlegung fiel mir die Kaunertal-Reise ein. Die meisten der Mitfahrer tranken gerne Schnaps, das war mir bekannt. Denen konnte ich damit eine Freude machen.

Die nächsten Monate bewahrte ich die Flasche Schnaps gut auf und nahm sie dann bei der Kaunertal-Reise mit. Bei unserem Kegelabend schenkte ich die Flasche an die Anwesenden aus. Ich erzählte ihnen, wie ich zu dem Schnaps gekommen war und dass es ein ganz besonderer Schnaps sein solle. Die Anwesenden bestätigten mir das auch nach dem Genuss. Einzelne Männer aus der Gruppe waren sehr angetan von dem Selbstgebrannten. Sie langten dauernd zu und schenkten sich immer wieder Schnaps nach. So wurde die Flasche schnell geleert.

Am nächsten Morgen stellten wir dann die Besonderheit des selbstgebrannten Schnapses fest: die wenigen Männer, die kräftig davon getrunken hatten, konnten nur noch krächzen. Der Mann mit dem meisten Durst brachte an diesem Tag kein einziges Wort raus! Der Selbstgebrannte war ihnen auf die Stimmbänder geschlagen. Sie brauchten den ganzen Tag, um sich zu regenerieren.

Polizei-Kontrolle - das Beste kommt zum Schluss

Wir freuten uns alle jedes Jahr auf die Kaunertal-Fahrt. Es war immer eine lang ersehnte Erlebnisreise, im wahrsten Sinne des Wortes!

Am Abfahrtstag begrüßten wir uns herzlich und luden dann das Gepäck ein, die Koffer in den Kofferraum und die Skier in den separaten Skikoffer, der hinten am Heck an den Bus angehängt war. Einer aus der Gruppe wies mich noch mal extra darauf hin, dass ich seine Skier besonders vorsichtig einladen sollte. Es seien nagelneue teure Skier in dem Skisack.

Nachdem alle Fahrgäste in den Bus eingestiegen waren nahm ich über Mikrofon die offizielle Begrüßung vor. Bei allen Skifahrten gab es von unserer Firma einen kostenlosen Begrüßungs-Schnaps für die Fahrgäste. So auch bei dieser Skifahrt. Ich ging mit dem Körbchen durch den Bus, damit sich jeder ein Schnäpschen nehmen konnte. Wieder zurück am Fahrerplatz stellte ich das leere Körbchen auf die Ablage an der Frontscheibe und nahm von der Ablage ein kleines Schnaps-Fläschchen für mich. Was niemand wusste: in dem Fläschchen befand sich natürlich kein Doppelkorn, sondern ich hatte das Fläschchen zuhause umgefüllt und jetzt war Wasser drin. Ich öffnete das Schnapsfläschchen so, als wäre es noch ganz fest verschlossen und prostete der Gruppe zu.

Alle waren baff, denn das hatte ich noch nie gemacht. Gleich kamen die Einwände: "Elias trinkt Schnaps" "Das hat er noch nie gemacht"   "Das kannst du doch nicht machen".

Ich sagte nichts darauf und ließ sie in dem Glauben, dass es Schnaps wäre. Ich dementierte auch nicht, es war ja auch egal denn ich wusste ja genau was ich tat. Sie müssten mich schließlich gut genug kennen, um zu wissen dass ich nichts riskiere.

Die Gruppe nahm es hin, war aber sichtlich irritiert.

Nach dem Begrüßungstrunk setzte ich mich auf den Fahrerplatz und fuhr los.

Langsam beruhigte sich die Gruppe wieder und die Gesprächsthemen im Bus drehten sich nicht mehr um meinen Schnaps. Untereinander wurden die neuesten Anschaffungen aufgezählt. Einige hatten neue Skier dabei, andere neue Ski-Anzüge. Die Stimmung im Bus war gut, das Wetter war schön, es könnte wieder eine tolle Fahrt werden.

Mittlerweile waren wir etwa 30 Minuten auf der Autobahn gefahren. Es war an diesem Sonntagmorgen noch nicht viel Verkehr auf der Autobahn, wir waren früh unterwegs.

Rechts von der Autobahn stand ein Polizeiauto, die Polizisten schauten gerade rüber zu uns als ich mit dem Bus vorbeifuhr.

Kurze Zeit später überholte mich das Polizeiauto und zeigte mir an: "Bitte folgen".

Das war uns noch nie passiert! Wir waren bei keiner unserer Reisen von der Polizei angehalten worden.

Meine Fahrgäste in den ersten Reihen hatten es sofort mitbekommen und gleich wurde es im Bus unruhig: "Was wollen die denn" "Oje, die halten uns an" "Hoffentlich keine Alkohol-Kontrolle" "Elias hat doch vorhin Schnaps getrunken" "Das riechen die bestimmt" "Hat jemand Kaugummi dabei".

Alle im Bus waren besorgt um mich und reichten von hinten nach vorne Pfefferminzbonbons und Kaugummis, die ich sofort essen musste.

Das Polizeiauto fuhr auf einen nahegelegenen Autobahn-Parkplatz, ich mit dem Bus hinterher. Auf dem Parkplatz stoppte der Pkw. Die beiden Polizisten stiegen aus und setzten ihre Mützen auf. Dann kamen sie auf den Bus zu. Ich öffnete die vordere Einstiegstür damit die beiden einsteigen konnten.

Im Bus war es sehr ruhig geworden, alle warteten gespannt was passieren würde.

Die Polizisten kamen gleich zur Sache. Sie fragten mich, was ich in dem hinten angehängten Koffer befördern würde. Ich antwortete wahrheitsgemäß: Skier. Daraufhin sagten die Polizisten, dass der Skikoffer von unserem Bus offen sei. Der Koffer sei ganz leer, es wären keine Skier mehr drin. Sie hätten gerade eine Durchsage erhalten, dass ein paar Kilometer zurück viele Skier auf der Autobahn liegen würden. Ein Lkw wäre drübergefahren. Der Lkw sei beschädigt und die Skier wären wohl nur noch Kleinholz.

Die Gruppe war geschockt. Dann wurde es laut im Bus. Alle redeten durcheinander und wollten wissen was genau passiert sei und was nun mit ihren Skiern wäre. Besonders einer war sehr aufgeregt, denn ich hatte ja beim Einladen schon den Hinweis bekommen dass er nagelneue teure Skier dabei hat.

Die Polizisten versuchten, die Fahrgäste zu beruhigen. Sie würden jetzt erst mal den Schaden aufnehmen. Die Fahrgäste sollten alle im Bus bleiben und ihre Ausweise raussuchen für die Schadensaufnahme. Auf Anweisung des Polizisten schloss ich die Bustür.

Während der eine Polizist die Ausweise einsammelte fragte mich der zweite Polizist mit einem Blick auf die leeren Schnaps-Fläschchen, ob ich Alkohol getrunken hätte. Natürlich sagte ich nichts von dem Schnaps-Fläschchen, war ja auch kein Alkohol drin. Ich antwortete ihm: "heute noch keinen Tropfen, nur gestern abend". Der Polizist fragte was ich am Vorabend getrunken hätte. Darauf antwortete ich: "ein paar Gläser Rotwein waren es schon."

Sofort ging wieder ein Raunen durch den Bus. Die Gruppe schaute ganz entsetzt, wie ich so etwas sagen konnte. Wahrscheinlich dachten sie in dem Moment, ich sei nicht mehr richtig im Kopf.

Der Polizist fragte mich, ob ich mit einem Alkohol-Test einverstanden wäre, diesen könnte er an seinem Pkw durchführen. Ich stimmte zu, es blieb mir ja auch nichts anderes übrig.

Einem aus der Gruppe kam das Ganze komisch vor. Er fragte: "Elias, machst du Spaß? Da stimmt doch etwas nicht".

In diesem Moment kam ein zweites Polizei-Auto mit eingeschaltetem Blaulicht auf den Autobahn-Parkplatz und blieb ein Stück vor dem Bus stehen.

Niemand glaubte nun mehr an einen Spaß.

Eine Frau aus unserer Gruppe rief: "da, habt ihr das gesehen? In dem Auto liegen kaputte Skier". Sogleich wollten einige Fahrgäste nach den Skiern im Polizeiauto schauen. Aber die Polizisten gaben Anweisung, dass vorerst niemand den Bus verlassen dürfe bis alle Daten aufgenommen seinen.

Nur ich verließ mit dem einen Polizisten den Bus. Der zweite Polizist schloss gleich wieder die Bustür und ließ niemand aussteigen.

Mittlerweile standen auch der dritte und der vierte Polizist mit ernsten Gesichtern vor dem Bus.

Aus dem direkt vor dem Bus stehenden Polizeiauto nahm der Polizist das Alkohol-Testgerät raus und ich musste in das Röhrchen reinblasen.

Meine Fahrgäste beobachteten uns aus dem Bus raus.

Der Polizist machte ein sehr ernstes Gesicht und schüttelte den Kopf. Mit erhobenem Finger zeigte er an: so dürfe ich nicht weiterfahren.

Ich wehrte mich natürlich und fuchtelte mit den Armen rum.

Da kamen die zwei anderen Polizisten herbeigeeilt und legten mir Handschellen an. Sie setzten mich auf die Rückbank des Polizeiautos.

Einer der Polizisten stieg am Fahrerplatz ein. Er drehte sich zu mir um: "Na, wie haben wir das gemacht? War es gut so?"

Ich: "Das habt ihr super gemacht, besser geht es gar nicht. Alle haben es geglaubt."

Die Polizisten hatten die Aktion wirklich täuschend echt wirken lassen. Wobei es sich ja auch um echte Polizisten und um echte Polizei-Autos handelte. Nur die Aktion war gespielt und das hatten sie wirklich sehr gut gemacht. Zur damaligen Zeit gab es im Fernsehen außer den Krimis noch keine Polizei-Serien, aber das wäre filmreif gewesen.

Eigentlich hatten wir vorher abgesprochen dass sie mich mit einem Fahrzeug kontrollieren sollen. Aber sie hatten von sich aus noch ein zweites Fahrzeug kommen lassen, was die ganze Sache noch echter erscheinen ließ.

Um noch eins draufzusetzen wollte der Polizist nun mit mir losfahren bis zur nächsten Autobahn-Ausfahrt und dann wieder zurückkommen.

Aber das wollte ich dann doch lieber nicht. Ich hatte die Gruppe genug gefoppt. Es sollte ja keiner was ans Herz kriegen.

Deshalb dachten wir uns eine andere Auflösung aus.

Der Polizist stieg aus und ging zum Bus zurück. Sein Kollege öffnete ihm die Tür. Im Bus erklärte er der Gruppe, es würden noch meine Personalien aufgenommen, dann könne ich zurück in den Bus. Aber der Transporter mit den kaputten Skiern sei soeben eingetroffen und würde hinter dem Bus stehen. Die Fahrgäste könnten nun alle aussteigen und ihre Skier identifizieren.

In der Zwischenzeit hatte ich mir von einem anderen Polizisten die Handschellen abnehmen lassen. Ich stieg schnell aus dem Polizeiauto aus. Während die Gruppe vorne den Bus verließ und nach hinten lief um die Skier anzuschauen sprang ich schnell auf der anderen Seite des Busses nach hinten. Dort schloss ich den Skikoffer auf, damit jeder die natürlich immer noch darin stehenden und immer noch unversehrten Skier sehen konnte.

Alle waren sehr erleichtert als sie das sahen, verstanden es aber nicht. Zusammen mit den Polizisten klärte ich das Rätsel auf.

Da schimpften sie mit mir, wie ich sie so erschrecken könne und jagten mich über den Parkplatz.

Aber ich konnte sie wieder besänftigen, sie verziehen mir diesen Schreck in den Morgenstunden.

Bei der Weiterfahrt hatten wir dann genügend Zeit um uns über diesen Gag gemeinsam zu amüsieren. Dabei konnte ich dann auch aufklären, dass ich natürlich keinen Schnaps getrunken hatte sondern nur Wasser. Das gehörte schließlich alles zu meinem Plan.

Und nun noch eine Erklärung bevor die unter den Lesern befindlichen Kritiker einen Aufstand machen von wegen verschwendeten Steuergeldern und dass die Polizei ja wohl wichtigeres zu tun hätte: es war von vorneherein so vereinbart, dass diese Aktion nur stattfinden kann wenn die Polizei zu diesem Zeitpunkt keinen Einsatz hätte. Und ich hatte dabei einfach nur Glück, dass die Polizei mitspielen konnte. Die Autos waren sowieso für Streifen-Fahrten auf der Autobahn eingeteilt und wir haben keine Polizeiarbeit blockiert.

Ein weiterer lustiger Nebeneffekt dieser Aktion:

Alle fremden Fahrzeuge die an diesem frühen Morgen eine Pause auf dem Autobahn-Parkplatz einlegen wollten glaubten auch an eine echte Polizeikontrolle. Sie gaben sofort wieder Gas und verließen fluchtartig den Parkplatz.

Rom

Aus der Kaunertal-Gruppe und anderen netten Leuten, die ich bei verschiedenen Reisen kennengelernt hatte, entstand eine weitere Interessen-Gemeinschaft: Italien-Begeisterte.

Die erste Italien-Reise führte uns nach Rom.

Zur damaligen Zeit durften ausländische Reisebusse noch ohne Auflagen selbst in die Innenstadt von Rom fahren und zu den zahlreichen Sehenswürdigkeiten.

Erst im Jahr 2000 wurde dies geändert. Mit der Begründung, dass im "heiligen Jahr" die immensen Touristen-mengen anders nicht bewältigt werden könnten wurden außerhalb von Rom riesige Bus-Parkplätze angelegt auf denen die ausländischen Reisebusse abgestellt werden mussten. Die Reisebusse durften dann nicht mehr in die Innenstadt von Rom fahren! So wie viele andere Gesetze blieb uns auch dies erhalten bis in die heutige Zeit.

Seitdem kann man als Tourist innerhalb von Rom nur die Metro / Straßenbahn benutzen, oder ein Taxi, oder die angebotenen Stadtrundfahrten mit den örtlichen Bussen buchen. Als Gruppe kann man sich einen italienischen Bus anmieten, der die Gruppe zum Beispiel vom Hotel abholt und zum Vatikan fährt (falls man die Metro nicht nehmen will). Wer trotzdem mit einem deutschen Reise-bus in die Innenstadt fahren möchte der muss nun eine hohe Einfahrtsgebühr dafür bezahlen.

Ich durfte damals noch selbst mit dem Bus in die Innenstadt von Rom fahren. Ehrlich gesagt hätte ich mir am ersten Tag in Rom gewünscht, dass ich nicht fahren müsste. Der Straßenverkehr war total chaotisch. In den Straßen mit zwei Fahrspuren fuhren nebeneinander drei Autos. Der Bus wurde nicht nur links überholt sondern auch rechts überholt, natürlich gleichzeitig. Die Autos wuselten um den Bus rum, ich musste höllisch aufpassen.

Einer der Mitreisenden, mit dem ich gut befreundet war, saß vorne neben mir auf dem Reiseleiter-Sitz. Er schaute auf dem Stadtplan nach, wie wir fahren müssen und entlastete mich dadurch ein wenig. Navigationsgeräte gab es damals noch nicht. Aber wir fanden mit dem Stadtplan auch gut unser Hotel in der Innenstadt.

Leider konnte ich den Bus nicht am Hotel parken und auch nicht in der Nähe des Hotels. Im Hotel erklärte man mir, dass es am besten wäre, auf der anderen Seite der Stadt den Bus auf einem bewachten Parkplatz abzustellen.

Nachdem ich die Gruppe und das Gepäck am Hotel ausgeladen hatte machte ich mich auf den Weg durch die Stadt. Ich fand den genannten Parkplatz und stellte den Bus dort ab. Die Parkgebühr erschien mir zwar zu hoch, aber ich hatte keine Auswahl an Parkplätzen und ließ den Bus dort. Obwohl ich nicht sonderlich davon begeistert war, denn ich musste zurücklaufen zum Hotel und brauchte dafür eine halbe Stunde. Das heißt: morgens schnell vor der Gruppe frühstücken und dann eine halbe Stunde zum Parkplatz laufen um den Bus abzuholen. Abends nach dem Abstellen eine halbe Stunde zurücklaufen und dabei auch wieder beeilen um pünktlich zum Abendessen im Hotel zu sein, denn wir hatten Halbpension gebucht. Ich war zwar noch jung und hatte Ausdauer, aber das hat mir eigentlich nicht gepasst.

Im Laufe der nächsten Tage erfuhr ich dann aber von anderen Busfahrern in Rom, dass diese Entscheidung doch gut war. Es handelte sich um einen Parkplatz der unter dem Schutz der Mafia stand. An den Bussen wurde absolut nichts beschädigt und nichts gestohlen, vorausgesetzt dass man die Parkgebühr bezahlt.

Wer dagegen seinen Bus irgendwo in der Stadt abgestellt hatte der erlebte morgens oft einen Schock. Da waren Spiegel abmontiert, Reifen kaputt, oder sogar Scheiben eingeschlagen.

Dann lieber ein heiler Bus und viel laufen!

Erst am zweiten Tag hatte ich mich an den chaotischen Verkehr in Rom gewöhnt. Ich passte meine Fahrweise den Römern an und fuhr genauso wie sie. Da funktionierte plötzlich das ganze, ich konnte mitschwimmen im Verkehr.

Als Busfahrer konnte ich leider die Sehenswürdigkeiten nur von außen sehen. Denn es gab keine ausreichenden Busparkplätze in der Stadt. So habe ich immer die Gruppe vor dem Besichtigungspunkt ausgeladen und eine Uhrzeit für die Rückfahrt vereinbart. Dann musste ich meistens mit dem Bus gleich wieder wegfahren und durch die Stadt kreisen bis ich einen freien Platz gefunden hatte zum Stehenbleiben. Die freien Plätze waren

sehr rar und befanden sich natürlich nie an den Sehenswürdigkeiten.

Besser war es dann schon auf der Via Appia Antica. Hier
wollte die Gruppe in die Katakomben und ich konnte mit
dem Bus direkt davor stehen bleiben. Auf den Anblick
der uralten Knochen und den muffigen Geruch verzichte-
te ich und blieb lieber im Bus sitzen. Noch ein paar andere aus der Gruppe hatten keine Lust, durch die Katakomben zu laufen und blieben ebenfalls am Bus. Wir hatten
genügend Gesprächsstoff und unseren Spaß.

Als die ersten unserer Gruppe aus den Katakomben raus-
kamen lief ich ihnen entgegen und fragte sie, ob es ihnen
gefallen hätte.

In der Zwischenzeit war einer der Männer aus unserer
Gruppe sehr hilfsbereit und leerte den Abfalleimer des
Busses aus in einen Abfallbehälter am Busparkplatz.

Nachdem unsere Gruppe wieder komplett war machten
wir uns auf den Rückweg nach Rom, dort hatten wir auch
noch Besichtigungs-Programm geplant. Es war zwar nicht
heiß, denn wir hatten erst März. Aber die Fahrgäste hatten in den muffigen Katakomben Durst bekommen. So
kam einer nach dem anderen nach vorne und ließ sich
von meinem Helfer auf dem Beifahrersitz Getränke aus
dem Kühlschrank geben.

Unterwegs rief einer der Mitreisenden nach vorne: "wir
könnten doch jetzt den Rotwein trinken, schenk doch
mal aus". Mein Helfer holte die Pappbecher aus der Ablage und fragte mich, wo ich den Rotwein hingestellt
hätte. Ich wusste nichts von dem Rotwein und sagte ihm

das. Der Helfer darauf: "ich hatte 2 Flaschen Rotwein in den Abfalleimer gestellt weil der Kühlschrank voll war. Wo hast du die denn hingestellt? Der Abfalleimer ist leer."

Da fiel mir ein, dass einer der Mitreisenden an den Katakomben den Abfalleimer ausgeleert hatte. Er hatte wohl nicht gemerkt dass die Rotweinflaschen noch voll waren und hatte sie mit ausgekippt. Hilfsbereitschaft ist nicht immer hilfreich.

Am 1. April traten wir die Heimreise an. Die Gruppe hatte in dieser Woche in Rom sehr viel gesehen und viele Eindrücke gewonnen. So hatten sie noch viel Gesprächsstoff unterwegs im Bus.

Niemand dachte daran, dass der Tag der Heimreise der 1. April war.

Niemand - außer mir!

Ich konnte doch nicht einfach einen 1. April rumgehen lassen ohne jemanden aufs Glatteis zu führen. Während der Fahrt über die Autobahn überlegte ich mir, was ich anstellen könnte.

Mir fiel ein, ich könnte sagen dass der Papst gerade den Bus überholt hätte. Aber das war mir zu einfach und nicht lustig genug, ich überlegte weiter bis mir ein toller Gag einfiel.

Beim nächsten Tankstop an der Autobahn-Raststätte ließ ich am Bus absichtlich die Musik und die Heizung eingeschaltet. Ein Fahrgast machte mich gleich darauf aufmerksam. Denn die Gruppe kannte sich aus, sie hatte von mir unterwegs öfters einige Erklärungen zum Bus bekommen. So hatte ich dabei auch immer darauf hingewiesen, dass ich die Klimaanlage / Heizung, Musik, Licht ausschalten musste wenn der Busmotor aus war. Meine Gruppe wusste auch, dass nur beim laufenden Motor der Kühlschrank eingeschaltet war.

Ich hatte ihnen gesagt, dass sonst schnell die Bus-Batterien leer sind und der Bus nicht mehr anspringt. Dies entspricht ja auch der Wahrheit.

Aber an diesem Tag beruhigte ich den Fahrgast, dass ich ja nur kurz tanken würde. Das würde den Batterien nichts ausmachen, ich würde ja dann gleich von der Tankstelle wegfahren.

Die Fahrgäste konnten inzwischen die Toiletten in der Raststätte aufsuchen.

Gleich nach dem Tanken fuhr ich den Bus ein Stück vor auf den Busparkplatz und achtete darauf, dass vor dem Bus sehr viel Platz war. Wieder ließ ich absichtlich die Zündung an, Musik und Heizung laufen, aber der Motor war aus.

Schon kam der nächste Fahrgast und machte mich darauf aufmerksam. Auch ihn wimmelte ich ab. Ich stieg extra aus dem Bus aus, um nicht am Fahrerplatz zu sein und genötigt zu werden die Zündung auszumachen.

Nach kurzer Zeit war die Gruppe wieder komplett im Bus versammelt und machte es sich auf ihren Plätzen gemütlich.

Ich zählte noch mal durch, ob alle anwesend waren und setzte mich dann auch auf meinen Platz.

Der Bus mit dem wir unterwegs waren hatte eine Besonderheit, die nicht alle Busse haben: der Zündschlüssel konnte aus der "0"-Stellung in beide Richtungen gedreht werden.

In die eine Richtung konnte der Motor gestartet werden, bei der anderen Richtung funktionierte nur das Radio, aber der Motor konnte nicht gestartet werden.

Da die Zündung noch eingeschaltet war drehte ich den Zündschlüssel erst mal zurück auf "0" und dann absichtlich in die falsche Richtung. Natürlich sprang der Motor nicht an!

Also drehte ich den Zündschlüssel wieder zurück auf "0" und dann wieder in die falsche Richtung. Wieder nichts!

Meine Fahrgäste und besonders mein Helfer auf dem Reiseleitersitz hatten schon mitbekommen, dass ich den Bus nicht starten konnte. Natürlich bekam ich gleich Vorwürfe zu hören: "wir haben es dir doch vorhin gesagt, dass die Zündung eingeschaltet ist! Warum hast du denn nicht auf uns gehört?"

Ich versuchte, ein betroffenes Gesicht zu machen und wies darauf hin, dass die Batterien nicht leer sein könnten weil das Radio funktioniert. Es müsse etwas anderes sein.

Dann drehte ich wieder den Zündschlüssel, natürlich falsch rum! Es schaltete sich wieder nur das Radio ein.

Ich versuchte, einen ganz zerknirschten Gesichtsausdruck zu machen und fragte die Gruppe: "könnt ihr mal anschieben? Nur ein kleines Stück, dann läuft der Bus bestimmt wieder."

Widerwillig stieg die Gruppe aus. Sie murrten ein wenig und waren der Meinung, das wäre zu vermeiden gewesen. Wie recht sie doch hatten!

Während unserem 6-tägigen Aufenthalt in Rom hatten wir jeden Tag von morgens bis abends Besichtigungs-Programm.

Ich hatte zwar den Bus zwischendurch immer innen gereinigt, aber ich hatte in Rom keine Möglichkeit gefunden um den Bus außen abzuwaschen. Dementsprechend sah der Bus auch aus, besonders hinten am Heck war er von oben bis unten richtig schwarz.

Die Männer nahmen erst mal viele Papier-Taschentücher und putzten das Heck des Busses von unten bis hoch in Stehhöhe sauber. Sie wollten sich nicht schmutzig machen und putzten deshalb lieber vorher den Bus blitzblank.

Danach stellten sich die stärksten und jüngsten der Männer hinter dem Heck in Position.

Ich löste die Handbremse und gab das Startsignal zum Anschieben. Und die Männer haben unter Aufsicht der Frauen mit aller Kraft den Bus geschoben.

Als der Bus ein Stückchen gerollt war machte ich so, als ob ich starten wolle.

Natürlich würgte ich den Motor gleich wieder ab!

Sofort kam einer der Männer gerannt: "hey, du musst doch die Kupplung treten!"

Ich stammelte: "tut mir leid, hab ich in der Aufregung ganz vergessen. Schiebt bitte noch mal ein Stück."

So ließ ich den Bus ein weiteres Stück über den Parkplatz schieben.

Als ich der Meinung war dass es reicht, trat ich auf die Bremse - der Bus stand abrupt.

Gleich kamen ein paar Männer von hinten: "du stellst dich aber heute blöd an", "so wird das nie was!"

Ich grinste nur und sagte: "schaut mal!"

Dann drehte ich den Zündschlüssel in die richtige Richtung.

Sofort sprang der Motor an und brummte.

Ich rief: "April, April" und lachte.

Erst da merkte meine Gruppe, was los war. Niemand hatte an den 1. April und an einen Aprilscherz gedacht.

Natürlich lachten sie dann auch mit und waren mir nicht böse.

Selbst viele Jahre danach erinnerte sich jeder der Mitreisenden immer noch gerne an die schöne Rom-Reise.

Und jeder aus der Gruppe weiß noch: da hatten wir doch den Bus angeschoben!

Diano Marina

Im gleichen Jahr wurden von unserem Reisebüro Reisen veranstaltet nach Diano Marina, eine wunderschöne Gegend.

Alle 14 Tage war unsere Firma dran, hinzufahren. Zwischendurch fuhr ein befreundetes Omnibusunternehmen mit dem wir zusammengearbeitet haben.

Da mir diese Gegend in Italien sehr gut gefallen hat, habe ich mich gerne für diese Fahrten als Busfahrer einteilen lassen. Und so durfte ich alle 14 Tage nach Diano Marina fahren.

Auch hier fuhren immer zwei Fahrer abwechselnd. Morgens kamen wir dann an den verschiedenen Hotels an und haben die Gäste ausgeladen. Dann konnten wir in einem Hotel duschen und schlafen. Erst am Abend starteten wir zur Rückfahrt.

Bevor ich zum Duschen und Schlafen in das gebuchte Hotelzimmer gegangen bin habe ich immer erst die Gegend erkundet und mich am Meer aufgehalten, es war genügend Zeit vorhanden.

Zum Mittagessen suchte ich mir eine Pizzeria. Wir waren ja in Italien und ich war Pizza-Fan. Ich hatte auch eine schöne Pizzeria gefunden, in der die Pizza wirklich sehr gut schmeckte. Außerdem war das Personal sehr freundlich, der Ober unterhielt sich immer sehr nett mit mir. Hier gefiel es mir und ich wurde Stammkunde. Regelmäßig alle 14 Tage war ich dort mittags Gast und habe Pizza gegessen. Nach ein paar Wochen meinte der Ober verwundert zu mir: "du lange Urlaub hier".

Diese Gegend hatte mir so gut gefallen, dass ich ein Jahr später mit den Italien-Begeisterten für 14 Tage nach Diano Marina gefahren bin. Wir wohnten in einem schönen Hotel, wurden gut bedient, das Essen schmeckte sehr gut, wir konnten im Meer baden. Alles war bestens, die Gruppe war begeistert.

Von hier aus unternahmen wir auch einige Tagesausflüge, denn wir wollten nicht nur im Meer baden sondern auch was von der Umgebung sehen.

Eines Abends kamen wir sehr spät von einem Tagesausflug zurück. Wir hatten es eilig, denn das Abendessen wartete auf uns.

Ich wollte am Hotel den Bus parken. Dafür fuhr ich rückwärts in die Lücke und rückwärts weiter bis zur Bordsteinkante. Damals gab es noch nicht in jedem Bus eine Kamera die sich beim Rückwärtsfahren einschaltete. Ich hatte zumindest noch keine im Bus.

Deshalb konnte ich auch nicht sehen, dass der Anschlag gar nicht die Bordsteinkante war. Ich hatte beim Rückwärtsfahren eine Eisenstange umgefahren und nach hinten längsgelegt.

Dies bemerkten wir aber erst als wir am Bus vorbeiliefen in Richtung Hotel. Aber es war kein Problem. Wir waren in Italien, da sieht man das etwas lockerer.

Ich fuhr den Bus ein Stück vorwärts und die Männer aus meiner Gruppe richteten die Eisenstange wieder auf. Ist gar nicht aufgefallen!

An einem anderen Abend nach einem Tagesausflug parkte ich den Bus vor dem Hoteleingang. Es war kein anderer Platz mehr frei, deshalb diese Notlösung.

Am nächsten Tag benötigten wir den Bus nicht, es war Badetag angesagt. Aber ich wollte den Bus trotzdem morgens gleich wegfahren und woanders parken, damit er nicht im Weg steht. Deshalb ging ich um die Frühstückszeit zum Bus.

Ich versuchte, den Bus zu starten. Aber der Motor sprang nicht an, diesmal wirklich nicht! Es machte nur "klack".

Nachdem ich es mehrmals vergeblich versucht hatte musste ich annehmen, dass etwas kaputt war. Denn die Batterien waren ganz sicher nicht leer und nicht defekt.

Ich ging zurück ins Hotel und schaute in den Frühstücksraum. Einige aus meiner Gruppe waren zum Glück noch nicht an den Strand gegangen, sondern saßen noch am Frühstückstisch. Ich bat sie, dass sie mir helfen sollten. Als ich ihnen jedoch sagte, dass der Bus nicht anspringen würde und ich würde sie brauchen zum Anschieben, da haben die mich doch tatsächlich ausgelacht!

Ich versicherte ihnen, dass der Bus diesmal wirklich nicht anspringen würde. Aber sie lachten nur und sagten: "ja, ja, das kennen wir schon. Da fallen wir nicht mehr drauf rein". Ich musste eine Viertelstunde Überzeugungsarbeit leisten bis sie mir zusagten, nach dem Frühstück zum Bus zu kommen.

Ich ging mittlerweile wieder nach draußen und schaute in den Motorraum. Da es definitiv nicht an den Batterien lag würde es wohl der Anlasser sein der nicht mitspielen wollte. Aber da konnte ich nicht viel machen.

Ich klopfte ein paar Mal drauf, das soll manchmal helfen.

Kurze Zeit später kamen endlich einige von meiner Gruppe aus dem Hotel. Sie lachten mich immer noch aus und glaubten mir nicht. Ich versicherte ihnen wieder, dass etwas kaputt sei und ich den Bus in eine Werkstatt bringen müsse. Aber sie glaubten mir kein Wort. Ich wollte es ihnen zeigen dass ich sie nicht anschwindeln würde und sagte: "ich kann es euch zeigen, dass es wirklich stimmt was ich sage. Der Motor springt wirklich nicht an. Hier schaut mal". Dann drehte ich den Zündschlüssel um. Und sofort sprang der Motor an! Ich war sprachlos!

Ob es am Klopfen auf den Anlasser lag weiß ich nicht. Aber meiner Gruppe konnte ich es nicht erklären.

Deshalb hat es bei meiner Gruppe lange gedauert bis sie mir endlich mal wieder etwas geglaubt haben.

Sizilien

In einem anderen Jahr haben wir eine wunderschöne Reise unternommen nach Sizilien. Für den einfachen Weg braucht man mit dem Bus 3 Tage mit 2 Zwischenübernachtungen. Man kann auch mit einem 2. Fahrer ohne Übernachtungen fahren, aber das war der Gruppe zu stressig. Um nicht zweimal die weite Strecke mit dem Bus zu fahren und auch wegen der Abwechslung sind wir auf dem Hinweg nur bis Genua gefahren und ab dort mit dem Schiff nach Sizilien. Die Reise mit dem Schiff war toll und mal etwas ganz anderes.

Auch vor Ort waren wir mit allem sehr zufrieden, mit dem Hotel, dem Service, dem Essen.

Als wir zum ersten mal in unsere Zimmer kamen dachten wir, es wäre ein Irrtum, das Hotel hätte uns aus Versehen Vierbettzimmer zugeteilt. Die Zimmer waren wirklich riesengroß, man hätte daraus locker zwei Hotelzimmer machen können. Und erst die Betten! In diesem riesigen Zimmer standen 2 Einzelbetten, aber jedes Bett war so breit wie ein deutsches Doppelbett.

So etwas hatten wir noch nie gesehen. Wir fühlten uns wie Könige (wir wissen zwar nicht wie sich Könige fühlen aber für uns war es Luxus).

Natürlich haben wir auch wieder Tagesausflüge unternommen, um das Land kennenzulernen. Wir konnten viele historische Stätten besichtigen und haben vieles gesehen.

Wie es bei Touristen so üblich ist, werden bei jeder Reise Souvenirs gekauft. In Ungarn waren es die scharfen kleinen Paprika und lila Körbe. In Venedig kommt keiner am Murano-Glas vorbei. In manchen Orten gab es schöne bunte Schals, in anderen Orten besondere Regenschirme, oder auch die vielen verschiedenen Vasen und Figuren für den Garten.

In Sizilien haben wir den Kofferraum vollgepackt mit Lavasteinen vom Ätna (als Verzierung im hauseigenen Garten angedacht). Als wir dort waren hat der Ätna ein bißchen gespuckt und sehr stark gequalmt, das konnte man sogar von unserem weit entfernten Hotel sehen. Deshalb hielten wir uns in gebührender Entfernung vom Vulkankegel.

Ein Tag vor der Heimreise sind wir gemeinsam noch mal zu einem großen Geschäft gefahren, das südländische Blumen und Pflanzen verkauft hat. Denn wir hatten auch Hobby-Gärtner im Bus, die ganz begeistert waren von diesen südländischen Blumen. So wechselten ein paar Oleander und Bouganvillen den Besitzer.

Einer aus der Gruppe hatte sich in ein Zitronenbäumchen verguckt. Das musste auch unbedingt mit. Das Bäumchen wurde besonders vorsichtig behandelt denn es hingen schon zwei große, fast reife Zitronen dran. Diese sollten unbedingt dranbleiben bis zuhause. Deshalb wurde das Zitronenbäumchen ganz vorsichtig in der vorletzten Reihe untergebracht und mit anderen Reise-Utensilien umbaut damit es nicht umfallen konnte.

Das brachte mich gleich wieder auf eine Idee. Als wir nachmittags zurück am Hotel waren machte ich mich noch mal alleine auf den Weg. Ich kaufte 2 Zitronen, die von der Größe und dem Aussehen den anderen Zitronen glichen. Natürlich heimlich!

Am Abreisetag verstauten wir das Gepäck im Kofferraum. Der stolze Besitzer des Zitronenbäumchens prüfte noch mal genau, ob das Bäumchen auch gut und sicher stand und hat es noch mal gegossen. Dann konnte die Heimreise beginnen.

Da ich bis zur Abreise die Strecken auf Sizilien ein wenig kannte wusste ich auch, wo eine geeignete Stelle war. Kurz vor dieser Stelle schickte ich meine Frau nach hinten in die letzte Reihe. Die Zitronen hatten wir hinten versteckt sodass sie niemand vorher gesehen hatte.

Meine Frau setzte sich in die Mitte der letzten Reihe und hielt versteckt die Zitronen in den Händen. Ich wartete auf den geeigneten Moment und bremste den Bus abrupt ab. Als Erklärung rief ich nach hinten in den Bus: "habt ihr das gesehen?".

Konnte ja keiner was gesehen haben weil gar kein Hindernis da war. War aber ja egal.

In dem Moment rollte meine Frau die zwei Zitronen durch den Gang zwischen den Sitzen von hinten nach vorne.

Ein Aufschrei ging durch den Bus, einige hatten die Zitronen gesehen. Einer hob die Zitronen vom Boden auf und zeigte sie den anderen Mitreisenden.

Sofort sprang der Besitzer des Zitronenbäumchens aus dem Sitz auf und rannte nach hinten: "oje, oje, wie konnte denn das passieren?"

Er war ganz außer sich, wollte er doch das Bäumchen mit den Zitronen zuhause präsentieren.

Als er in der vorletzten Reihe ankam sah er, dass beide Zitronen noch am Bäumchen hingen. Er war sehr erleichtert.

Da sagte ich durch das Mikrofon: "war doch nur ein Scherz".

Als Wiedergutmachung bekam er die zwei im Supermarkt gekauften Zitronen noch dazu.

Hotelzimmer

Von meinen unzähligen Reisen kann ich auch einige interessante Geschichten über die Hotelzimmer erzählen:

Es ist allgemein üblich, dass die Hotels einer Gruppe von mindestens 21 Personen - manchmal auch erst ab 25 Personen - einen Freiplatz geben. Diesen Freiplatz nehmen meistens die Reiseveranstalter dann für den Busfahrer, da sie ansonsten der Gruppe die Kosten für die Unterbringung des Busfahrers dazurechnen müssten.

Leider haben viele Hotels nicht alle Zimmer in der gleichen Qualität. Manche Zimmer sind so winzig, dass man zum Kofferauspacken vor die Tür gehen muss. Oder sie befinden sich im Keller des Hotels, oder haben kein Fenster, oder liegen nahe der Küche. Wenn nicht gar direkt neben dem Lift, der tagsüber und leider auch nachts auf und ab fährt.

Wer bekommt dieses Zimmer? Richtig: der Busfahrer!

Denn in diesen Zimmern würde kein normaler Gast wohnen ohne sich zu beschweren und Rückerstattung des Übernachtungspreises zu verlangen.

An der Cote d'Azur wohnte ich mit einer Gruppe einige Tage in einem schönen 4-Sterne-Hotel. Ich hatte Glück und ein zwar winziges aber schönes Zimmer bekommen. Die Fenster hatten nicht wie heute oft üblich das doppelte Glas, um den Lärm von außen nicht zu laut zu hören. Auf dem Fenstersims hatten es sich die Tauben bequem gemacht. Da ich mit der Gruppe mitten im Sommer dort war wurde es abends spät dunkel und morgens sehr früh wieder hell. Und da auch Tauben anscheinend nur schlafen wenn es dunkel ist, gurrten sie stundenlang vor dem Fenster. Bei dieser Reise bekam ich nicht viel Schlaf ab.

In Österreich wurde ich in einem Privathaus untergebracht, so wie auch die komplette Skigruppe über den ganzen Ort verteilt war in Privatunterkünften. Für ein Ski-Wochenende mit nur einer Übernachtung von Samstag auf Sonntag war nichts anderes zu kriegen. Nachdem ich von Freitagabend bis Samstagmorgen alleine durchgefahren war und die Skifahrer am Skilift abgeliefert hatte wollte ich nur noch schlafen. Mein Zimmer war glücklicherweise bereits morgens bezugsfertig und ich legte mich ins Bett. Es war schön weich, aber irgendwie rollte ich immer in die Mitte des Bettes. Die Matratze war schon so durchgelegen, dass sie sich wirklich außen an allen Seiten noch oben gebogen hat. In der Mitte entstand eine tiefe Kuhle, in der ich lag. Ich hatte die größten Probleme, wieder aus dem Bett zu krabbeln.

Auf der Insel Ischia war ich mit einer Gruppe in einer schönen Hotel-Anlage untergebracht. Da die Anreise für uns alle durch die Krankheit eines Mitreisenden sehr anstrengend war, verlief die Zimmerverteilung abends nicht sehr angenehm. Gleich drei Ehepaare beschwerten sich während dem Abendessen bei mir und wollten unbedingt ein anderes Zimmer haben. Mit einem der Paare tauschte ich mein Zimmer, weil es den beiden besser gefiel. Ich war es ja mittlerweile schon gewöhnt, dass ich immer das schlechteste Zimmer hatte. Könnte man Schicksal des Busfahrers nennen. Die anderen zwei Paare vertröstete ich auf den nächsten Morgen, denn das Hotel hatte keine weiteren Zimmer frei und es konnte nicht getauscht werden.

Am nächsten Morgen waren alle wieder entspannter und ausgeschlafen und die Sache sah schon wieder besser aus. Das eine Ehepaar konnte auf der Toilette sitzen und gleichzeitig dabei duschen, was sie nun als besonderes Erlebnis sahen. Das zweite Ehepaar blieb auch im Zimmer und teilte mir am Ende des Aufenthaltes mit, dass sie das schönste Zimmer von der ganzen Gruppe hatten. So ändern sich die Ansichten!

In Spanien war ich für ein paar Tage in einem kleinen Appartement untergebracht. Dieses bestand aus einem kleinen Wohnraum mit integrierter Küchenecke und einem separaten Schlafzimmer, natürlich auch ein kleines Badezimmer.

War sehr schön und zweckmäßig gestaltet.

Nur hatte ich nachts so komische Geräusche im Schlafzimmer, so ein undefinierbares Schabgeräusch. Ich fand aber nicht heraus wo das Geräusch herkommt und wollte deshalb am nächsten Tag bei Tageslicht genauer suchen.

Am nächsten Morgen war das Geräusch weg. Auch gut.

Nur leider zu früh gefreut, abends war das Geräusch wieder da! Diesmal machte ich mich mit der Taschenlampe auf die Suche. Das Zimmer war klein und leicht überschaubar. Also suchte ich jeden Winkel genau mit der Taschenlampe ab. Dabei sah ich auf dem Fußboden wo das Kopfteil des Bettes stand ein kleines Häufchen. Ich dachte zuerst, die Putzfrau hat wohl nicht richtig geputzt. Aber bei näherem Hinsehen stellte ich fest, dass es sich nicht um normalen Schmutz handelte sondern um eine Art Pulver. Dicker als Staub, aber doch ganz fein vermahlen.

Jetzt hörte ich das Geräusch wieder, lauter als vorher. Da wurde mir klar, dass ich einen Holzwurm im Bett hatte. Der kleine Kerl sägte die ganze Nacht das Holz!

Glücklicherweise sind die Kopfteile von den Betten in Spanien nicht am Bett festgeschraubt. So konnte ich das Kopfteil nehmen und in den Wohnraum stellen. Hier konnte der Holzwurm arbeiten und ich konnte dafür in Ruhe schlafen.

Manchmal hatte ich aber auch ganz tolle Zimmer, die genauso gut waren wie die Zimmer der Reisegruppe!

Da war dann alles perfekt, deshalb gibt es darüber keine lustigen Geschichten zu berichten.

Ischia

Auf der Insel Ischia hatten wir noch ein lustiges Erlebnis.

Mit dem Omnibus durften wir ja nicht dort rumfahren, das war verboten. Es war nur erlaubt, mit dem Bus von der Fähre zum Hotel zu fahren und nach dem Urlaub wieder vom Hotel zur Fähre.

Als vier Personen aus der Gruppe abends zu einem anderen Ort fahren wollten mieteten wir einen Fiat Panda an. Der ist zwar klein, aber wir würden halt zusammenrücken. Dann hörten es aber noch andere aus unserer Gruppe und schon waren es 8 Personen.

In Deutschland vollkommen unmöglich, nicht damals in Italien!

Einer aus der Gruppe setzte sich ans Steuer, ein anderer sozusagen auf den Schaltknüppel, eine kräftigere Person auf den Beifahrersitz. Auf der Rückbank nahmen auch drei Personen Platz. Da ich damals schlank war durfte ich mir mit einem anderen schlanken Mann aus der Gruppe den Kofferraum teilen.

Dann fuhren wir durch die Nacht zu unserem Ziel, das einige Kilometer entfernt war. Kurz vor dem Ort mussten wir einen Berg runterfahren Richtung Meer, um in den Ort zu kommen.

Unser Fahrer machte keine Anstalten, langsamer zu fahren. Also rief ich nach vorne, er solle mal langsam ans

Bremsen denken. Er antwortete, dass er schon dabei wäre. Allerdings waren 8 Personen wohl doch zu viel für das kleine Auto und die Bremswirkung war nicht gerade gut. Deshalb nahm er noch die Handbremse zusätzlich. Wir hatten zwar einen großen Abstand zum vorausfahrenden Auto, aber das andere Auto musste an der Ortseinfahrt stehen bleiben und unser Abstand wurde immer geringer.

Wir schafften es gerade so, hinter dem anderen Auto anzuhalten, haben das Auto aber noch leicht angeschubst.

Der Fahrer vor uns stieg aus und schaute ob an seinem Auto ein Schaden entstanden war, es war aber nichts kaputt.

Trotzdem ergoss sich ein italienischer Wortschwall in unsere Richtung. Er kam auf die Fahrertür zu. Da öffneten wir die Türen und die Kofferraumklappe und stiegen alle aus dem Fiat Panda aus.

Entweder war der andere Fahrer erschrocken, weil wir so viele waren und hatte Angst vor uns. Oder er wusste, dass nichts kaputt war und deshalb nichts zu holen war. Auf jeden Fall drehte er sich sofort um und verschwand ganz schnell mit seinem Auto.

Noch mal gut gegangen!

Erlebnisse in Italien

Da ich früher sehr oft in Italien unterwegs war, kann ich die verschiedenen Vorkommnisse nicht mehr zu den einzelnen Reisen zuordnen.

Bei einer der Reisen waren wir unterwegs auf der Autobahn in Süditalien. Als die Gruppe Hunger bekam und etwas essen wollte suchte ich eine Raststätte. Aber es gab keine Raststätte und keinen Parkplatz unterwegs, obwohl wir sehr lange danach suchten. Endlich sahen wir an der rechten Seite der Autobahn einen freien Platz. Er war zwar nicht als Parkplatz gekennzeichnet, war mehr eine Einbuchtung evtl. als Platz bei einer Panne zu benutzen. Aber es waren zwei grüne Mülltonnen auf diesem Platz, dann musste es wohl ein Parkplatz sein. Wir hatten schließlich viele Kilometer vorher keinen anderen Parkplatz gesehen. Also hielten wir dort für die Pause zum Mittagessen.

Die Gruppe stieg aus, hielt sich aber zwischen Bus und Leitplanke auf, denn mehr Platz war nicht vorhanden.

In der Zwischenzeit legte ich die Würstchen in den schon während der Fahrt vorgeheizten Wurstkocher und füllte heißes Wasser in die Suppenbecher. Nach einigen Minuten waren die Essen fertig und konnten verteilt werden. Ich reichte die Essen aus dem Bus und zwei Helfer verteilten sie draußen an die Mitreisenden.

Es war noch nicht die Hälfte der Essen ausgeteilt als ich sah, dass hinter meinem Bus ein Polizeiauto anhielt.

Ich rief gleich aus dem Bus: "steigt schnell ein, hinter uns ist die Polizei!" Aber meine Helfer teilten unverdrossen die Essen weiter aus. Ich wieder: "schnell, ihr müsst schnell einsteigen, wir bekommen sonst Ärger!" Niemand reagierte. Da schloss ich schnell die Küche und zog meine Arbeitshandschuhe an.

Dann stieg ich aus dem Bus aus und ging nach hinten, um der Polizei zuvorzukommen. Die beiden Polizisten artikulierten rum. Ich konnte zwar kein italienisch, soviel verstand ich aber dass ich hier nicht stehen durfte. Genau das hatte ich befürchtet!

Deshalb öffnete ich die Motorklappe des Busses und versuchte den Polizisten zu erklären dass ich eine Panne hatte. Ich zeigte auf eine Leitung und sagte, dass sie jetzt nicht mehr kaputt sei. Die Polizisten verstanden anscheinend meine Erklärungen und gaben sich damit zufrieden. Sie deuteten mir noch an, dass ich gleich weiterfahren solle. Deshalb scheuchte ich jetzt die Fahrgäste zurück in den Bus und wir fuhren gleich los.

Es gab keinen Strafzettel und kein Bußgeld, das wurde in der früheren Zeit alles noch lockerer gehandhabt.

Während einer anderen Italienreise unternahmen wir einen Tagesausflug und besichtigten die Marmor-Steinbrüche in Carrara. Diese beeindruckten uns sehr durch ihre Größe und den Marmor, der dort abgebaut und mit riesigen Lkw abtransportiert wurde.

Wir hatten auch einen örtlichen Reiseleiter engagiert, der uns alles zeigte und in deutscher Sprache erklärte.

In einem Shop konnten wir noch Andenken aus Marmor besichtigen, die zum Kauf angeboten wurden. Meine Gruppe konnte sich schöne Souvenirs für zuhause kaufen.

Danach fuhren wir vom Steinbruch zurück in den Ort Carrara. Auch hier wusste unser Reiseleiter viel zu erzählen. Da ich absolut ortsunkundig war lotste mich der Reiseleiter durch Carrara und sagte mir wie ich fahren musste. Dies ist aber überall der Fall, denn als Busfahrer kann man sich nicht überall auskennen und ist immer auf die Reiseleiter angewiesen.

Irgendwann kamen wir im Ort zu einer Kurve, die zu eng war um mit dem Bus rumzufahren.

Ich versuchte es mehrmals, aber es gelang beim besten Willen nicht. Deshalb musste ich die Straße ein Stück zurückfahren.

Der Reiseleiter sagte mir, ich könne ein paar Meter zurück in eine andere Straße einbiegen. Da würden wir ganz sicher rumkommen. An der bezeichneten Straße angekommen sah ich, dass ich dort gar nicht reinfahren darf. Es handelte sich um eine Einbahnstraße, die ich ansonsten in der verkehrten Richtung befahren müsste. Darauf wies ich den Reiseleiter hin.

Aber er sagte wieder, ich solle in diese Straße reinfahren. Ich dachte, er hätte mich nicht richtig verstanden und erklärte es ihm noch mal ausführlich, dass dies eine Einbahnstraße sei die nur aus der anderen Richtung befahren werden dürfe.

Ich sagte ihm, dass ich eine hohe Straße zahlen müsse wenn ich dabei erwischt werde.

Aber der Reiseleiter blieb ganz cool und sagte: "du musst keine Strafe bezahlen. Ich bin hier der Polizist im Ort und wenn ich sage dass du hier fahren darfst dann darfst du auch hier fahren!"

Es stellte sich heraus, dass er nur nebenbei als Reiseleiter tätig war. So hatten wir freie Fahrt!

Es geschehen manchmal auch sehr kuriose und unerklärliche Sachen.

Unterwegs in Italien irgendwo auf der Autobahn sahen wir einen italienischen blauen Bus auf dem Standstreifen stehen. Die Motorklappe war offen, er hatte wohl eine Panne. Und da wir nicht unter Zeitdruck waren und man nach Möglichkeit einem Kollegen helfen sollte, hielt ich vor dem italienischen Bus auch auf dem Standstreifen an.

Ich stieg aus und fragte ob ich helfen könne. Die beiden Fahrer fragten mich nach Wasser, das sie hinten auffüllen müssten. Ich hatte zwar keinen separaten Wasserkanister dabei, konnte aber aus der kleinen Bus-Küche Wasser aus dem Boiler in leere Getränkeflaschen abfüllen und diese den Busfahrern geben.

Sie nahmen das Wasser und gingen nach hinten zur geöffneten Motorklappe.

Ich wollte gerade mitgehen und schauen was kaputt ist, als mich der Reiseleiter von dem italienischen Bus ansprach. Er konnte deutsch und erklärte mir, dass die Gruppe dringend zum Flughafen müsse. Dann fragte er mich, ob wir die Gruppe mitnehmen könnten bis zum Flughafen damit sie den Flug nicht verpassen.

Ich hatte noch einige Plätze im Bus frei und da es nur eine Minigruppe war sagte ich zu. Es hätten zwar nicht alle Personen einen Sitzplatz gehabt, aber das spielte in diesem Fall keine Rolle. Hauptsache, sie konnten ihr Flugzeug noch rechtzeitig erreichen.

Der Reiseleiter sagte den italienischen Busfahrern Bescheid und wir fingen an, das Gepäck umzuladen. In unserem Bus war zum Glück der Kofferraum komplett frei, da wir nur einen Tagesausflug unternommen hatten. So hatten wir keine Platzprobleme und konnten das ganze Gepäck unterbringen.

Die kleine Reisegruppe stieg mit dem Reiseleiter um zu uns in den Bus. Auch ich stieg wieder ein und wollte losfahren.

Da sprang plötzlich unser Bus nicht mehr an! Aus heiterem Himmel hatten wir einen Defekt am Bus. Ich probierte mehrmals, den Bus zu starten, aber es ging nicht. Jetzt musste ich nach hinten um nachzuschauen was nicht in Ordnung war.

Auch ich öffnete die Motorklappe und suchte den Defekt.

Nach kurzer Zeit kamen die beiden italienischen Busfahrer zu mir, sie hatten ihren Bus wieder repariert. Schnell luden wir wieder das ganze Gepäck und die Fahrgäste um, damit die Gruppe gleich zum Flughafen starten konnte.

Danach suchte ich weiter nach dem Fehler, bis ich ihn fand. Es war nur eine Kleinigkeit, musste aber behoben werden.

Nun endlich konnten auch wir wieder die Weiterfahrt fortsetzen.

Es gibt manchmal schon komische Erlebnisse, die man gar nicht richtig erklären kann.

Nebenbei mitbekommen

Nicht nur unterwegs bei den Fahrten, sondern auch im Büro gab es manchmal was zu lachen.

Eines Tages wartete ich im Büro auf meine Unterlagen und bekam deshalb mit wie eines der Mädchen ins Telefon sagte: "ich bin nicht ihr Schätzle", dann legte sie den Hörer auf. Kurz danach klingelte wieder das Telefon. Sie hob ab und meldete sich mit Firma und ihrem Namen. Es dauerte nicht lange, dann sagte sie ganz böse: "ich bin nicht ihr Schätzle, merken sie sich das!" und legte gleich wieder den Telefonhörer auf. Kurz danach klingelte es wieder. Sie meldete sich wieder mit Firma und ihrem Namen, dann gab es eine längere Pause bis sie stotterte: "das tut mir leid, das hab ich nicht gewusst". Dann schrieb sie auf einem Zettel mit was der Anrufer wollte. Nach dem Telefongespräch lachte sie und erzählte ihrer Kollegin, was passiert war. Der Anrufer hatte sich immer gemeldet mit

"Schätzle, guten Tag". Erst der dritte Anruf dauerte lange genug, sodass der Anrufer ihr erklären konnte dass sein Name "Schätzle" war, von der Firma "Schätzle & Bergmann".

Das Reisebüro hatte noch einen anderen interessanten Stammkunden, der immer mit einem Lkw gefahren kam um eine Reise zu buchen. Wahrscheinlich erledigte er das auf dem Weg während seiner Arbeit.

Die Mädchen im Büro kannten ihn alle und keine wollte nach vorne gehen an den Tresen, um diesen Stammkunden zu bedienen. Obwohl er wirklich sehr nett war. Der Haken war nur, dass er während der Buchung immer den Büro-Mädchen die Hand tätschelte.

Vereinsreise nach Hamburg

Vor vielen Jahren reiste ein örtlicher Verein nach Hamburg. Dort war eine Besichtigung bei einem Partner-Verein geplant.

Es war eine sehr lustige Truppe, bestehend aus Männern und Frauen aller Altersklassen. Die Vereinsreisen waren sozusagen auch Familien-Ausflüge.

Um nicht nur zur Besichtigung nach Hamburg zu fahren und um die Reise interessant zu gestalten, wurde noch weiteres Programm geplant. So auch eine Schiffsreise nach Schweden.

Deshalb fuhren wir mit dem Bus bis nach Travemünde, wo wir das Schiff nach Trelleborg bestiegen. Diese Schiffe fuhren als Fährverkehr zwischen den beiden Ländern. Wir hatten eine Tour gebucht, bei der das Schiff in Schweden nur anlegte zum Ausladen und gleich wieder einladen. Wir konnten also zwar Schweden vom Schiff aus sehen, hatten aber keine Zeit um an Land zu gehen. Denn das Schiff fuhr gleich wieder zurück.

Dieser Umstand wurde vor dem Aussteigen aus dem Bus den Fahrgästen eindringlich gesagt und darauf hingewiesen, dass niemand in Schweden das Schiff verlassen solle. Dann ging die komplette Gruppe auf das Schiff und genoss die Seereise. Es war ja mal etwas ganz anderes als die anderen Vereinsausflüge und sehr interessant.

In Schweden angekommen gingen die meisten aus unserer Gruppe an Deck, um zuzuschauen wie die vielen Pkw und Omnibusse entladen wurden und sich gleich darauf die neuen Fahrgäste beeilten um mit ihren Pkw auf das Schiff zu kommen. Es war ein hektisches Treiben. Wir konnten vom Schiff runterschauen auf die Anlegestelle, wo die Fahrzeuge über eine Rampe in das Schiff reinfuhren. Es war interessant zuzuschauen und man wollte schließlich auch Schweden sehen.

Der Einladevorgang war gerade beendet, als wir von unten her gerufen wurden. An Land stand ein Mann aus unserer Gruppe, wedelte mit beiden Armen und rief zu uns herauf: "schaut mal, ich bin in Schweden!"

Währenddessen waren die Schiffsleute schon dabei, die Rampe vom Schiff hochzufahren. Das Schiff würde gleich ablegen! Die Gruppe schrie runter, dass er sich beeilen solle. Der Vereinsvorstand rannte los um den Schiffsleuten Bescheid zu sagen. Dies gelang ihm wohl in letzter Minute. Denn die Rampe wurde noch mal runtergelassen und unser Ausreißer konnte wieder zurück auf das Schiff gehen.

Sofort danach legte das Schiff ab. Es war grad noch mal gut gegangen.

Glücklicherweise hatten wir keinen hohen Wellengang, sodass wir die Rückreise genießen konnten mit Blick aufs Meer.

Diesmal hatte das Schiff viel mehr Passagiere als bei der Hinfahrt. An Bord befanden sich viele Fußball-Fans, die nach Deutschland fahren wollten, um sich ein Fußball-Spiel live anzuschauen. Aber die vielen Passagiere verteilten sich auf dem Deck, im Restaurant und im Duty-Free-Shop. Im letzteren schlugen besonders die Schweden beim Alkohol-Einkauf zu.

In Schweden war damals schon und ist heute auch noch der Alkohol sehr teuer. Daher benutzen auch viele Schweden die Schiffe einfach dazu, um mal günstig Alkohol zu trinken. Sie dürfen dann auch noch eine gewisse Menge zollfrei von Bord mitnehmen nach Schweden, was sich anscheinend rechnet.

Als wir in den deutschen Hafen eingelaufen waren und das Schiff kurz vor der Anlegestelle war, versammelten sich die Passagiere schon vor dem Ausgang des Schiffes. Sie wollten alle schnell an Land.

Es war eine große Menschenansammlung, auch unsere Gruppe war darunter verteilt.

Die Stimmung bei den Fußball-Fans war schon sehr angeheizt, denn sie hatten sich bereits auf dem Schiff mit Alkohol auf das Fußballspiel vorbereitet.

Aber auch ein paar einzelne Vereins-Mitglieder aus unserer Gruppe hatten unterwegs den Alkohol probiert, manche mehr und manche weniger.

So kam es, dass einer aus unserer Gruppe mitten in den Pulk der schwedischen Fußball-Fans geriet, die laut ihre Schlachtrufe für ihren Fußballverein von sich gaben. Leider war unser Mann absolut kein Fan von diesem Verein und deshalb schrie er inmitten der gegnerischen Fans immer wieder sehr laut: "FC Bayern - FC Bayern". Und ließ auch noch ein paar passende Schlachtrufe los.

Bevor es zur Schlägerei kam konnten wir ihn gerade noch rechtzeitig aus der Menge rausholen. Wir hielten ihm den Mund zu und schleppten ihn mit vereinten Kräften an das andere Ende des Raumes, um einen Streit zu vermeiden. Er wehrte sich zwar mit Händen und Füssen und wollte zurück zu den Schweden, aber am nächsten Tag war er doch sehr froh darüber dass wir ihn festgehalten hatten.

In Travemünde angekommen stiegen wir wieder in den Bus und fuhren nach Hamburg. Unser Bus war nagelneu, wir hatten ihn erst seit ein paar Tagen in der Firma. Da jeder neue Bus immer mit der neuesten Technik ausgestattet wurde, war natürlich auch dieser Bus wieder auf dem neuesten technischen Stand.

Mein Kollege saß am Steuer, ich auf dem Reiseleitersitz.

Während der Fahrt hupte es vorne bei uns. Mein Kollege nahm den Hörer des Bordtelefons ab, das eine Verbindung zwischen Fahrer und Service an der Küche herstellte. Die Küche war in der Busmitte. Er fragte: "ja, wer ist dran? Hallo!". Niemand meldete sich. Kurze Zeit später hupte es wieder. Mein Kollege nahm wieder das Telefon und fragte wer dran sei. Es war wieder niemand am anderen Ende der Leitung.

Ich konnte mir das Lachen gerade noch verkneifen, wollte ihn mal ein bißchen auf die Folter spannen. Aber als mein Kollege beim dritten Hupen wieder das Telefon befragte, da konnte ich mich nicht mehr zurückhalten. Ich brüllte los vor Lachen.

Mein Kollege schaute mich verärgert an und meinte: "du brauchst gar nicht lachen wenn die da hinten mich ärgern wollen. Das ist gar nicht lustig! Geh lieber hinter und sag denen dass sie das Telefon in Ruhe lassen sollen."

Nach meinem Lachanfall klärte ich ihn auf. Ich erzählte ihm, dass im Bus ein Drehzahlbegrenzer eingebaut ist. Sobald man eine zu hohe Drehzahl erreicht, dann ertönt eine Hupe als Warnsignal.

Diese Hupe hatte mein Kollege mit dem Telefon verwechselt.

Natürlich konnten wir in Hamburg nicht abreisen ohne den berühmten "Fischmarkt" besucht zu haben. Dieser beginnt morgens gegen 5.00 Uhr, wenn die Fischerboote den frischen Fang ausgeladen hatten und zum Verkauf anboten.

Aber der Fischmarkt ist ein sehr großer und vielfältiger Markt, wo man nicht nur Fisch kaufen kann, sondern auch Blumen, Obst, Gemüse und allerlei. Auch die inzwischen berühmten Marktschreier sind auf dem Fischmarkt vertreten, die von ihrem Lkw rausschreien und den Besuchern Bananen, Wurst und einiges andere anbieten. Sie werfen auch Proben ihrer Ware unter die Menschen, machen eine richtige Gaudi aus dem Verkauf. Es gibt zudem auf dem Fischmarkt genügend Möglichkeiten, um dort etwas zu trinken oder zu essen.

Da jeder aus der Gruppe andere Interessen hat und woanders schauen will gingen wir nicht als geschlossene
Gruppe zum Fischmarkt, sondern jeder konnte nach Lust
und Laune hingehen und sich dort aufhalten. Wir hatten
nur die Zeit für die Rückreise ab Hotel bekanntgegeben
und der Gruppe gesagt, sie könnten auch dort einkaufen,
aber nichts mitbringen was größer als ein Esel sei.

Kurz vor der verabredeten Zeit gingen wir zum Bus, damit wir die Rückreise starten könnten. Nach und nach
trudelten die Fahrgäste ein.

Allerdings kamen sie nicht so wie sie gegangen waren.
Sie schleppten Palmen und Blumentöpfe an, Tüten mit
gekauftem Fisch, Tüten mit Wurstwaren, einer brachte
eine ganze Kiste Bananen mit.

Den Fisch verstauten wir aus Geruchsgründen mit den
Koffern im Kofferraum. Die Palmen und Blumentöpfe
wurden über den ganzen Bus-Innenraum verteilt. Der
Bus sah aus wie ein Palmengarten. Während der Rückfahrt über die Autobahn sah ich öfters Pkw-Beifahrer, die
sich noch mal umdrehten um nach unserem Palmen-Bus
zu schauen.

Nur die Bananen-Kiste wollte nicht leer werden. Ab
Hamburg wurden gleich Bananen zum Essen verteilt, und
wieder verteilt, und wieder verteilt. Bis niemand mehr
Bananen sehen konnte.

Es war eine sehr lustige und erlebnisreiche Vereinsreise!

Von allen Seiten

Da ich mich sehr für Technik und die dazugehörenden Neuheiten interessierte besuchte ich auch manche Messen, unter anderem auch die IAA (Internationale Automobil Ausstellung).

Damals wurden noch Pkw und Omnibusse zusammen auf dieser Messe ausgestellt, was ich erst recht interessant fand.

Ich nahm mir deshalb immer einen ganzen Tag Zeit, damit ich alles anschauen konnte. Dann durchquerte ich eine Halle nach der anderen und schaute mir alle ausgestellten neuen Pkw an und natürlich auch die neuen Omnibusse.

In der einen Halle mit den Omnibussen gab es einen Aufruhr an einem Stand eines deutschen Omnibus-Herstellers. Ich sah, dass ein paar Mitarbeiter dieses Standes zu einem bestimmten Omnibus eilten. Meine Neugier trieb mich hinterher.

Dort angekommen konnte ich den Grund der Aufregung sehen. Das heißt, eigentlich sah ich nur zwei Füsse, die unter dem Omnibus rausragten. Wie gesagt, unter dem Omnibus. Außerdem war unter dem Omnibus Blitzlicht zu sehen, das dauernd aufblitzte.

Die Mitarbeiter des Standes nahmen die rausragenden Füsse in ihre Hände und zogen zusammen dran. So zogen sie einen Mann unter dem Bus hervor. Dem Aussehen nach war es ein Chinese oder Japaner, den Unterschied kenne ich nicht genau. Aber diese Landsleute sind dafür bekannt, dass sie alles fotografieren. Und genau das machte der Mann. Er fotografierte unentwegt, wie man es an dem Blitz erkennen konnte. Er fotografierte sogar noch als er unter dem Bus rausgezogen wurde und hörte erst damit auf als die Mitarbeiter ihm die Kamera abnahmen.

Schlusswort

Ich hoffe, dass ich Ihnen mit diesen amüsanten und kuriosen Erlebnissen von Elias ein paar vergnügliche Stunden bereiten konnte. Elias hatte diese Geschichten sehr oft erzählt, und immer wieder musste ich darüber lachen.

Wie man so schön sagt:

Wenn es Ihnen gefallen hat dann empfehlen Sie das Buch bitte Ihren Freunden!

Wenn es Ihnen nicht gefallen hat dann empfehlen Sie das Buch bitte Ihren Feinden (vielleicht gefällt es denen).

Zum Glück durften wir viele schöne und lustige Momente erleben. Sodass ich noch genügend Geschichten von unseren Tieren und aus dem täglichen Leben habe, die durchaus ein zweites Buch füllen könnten.

Conny Nees

Zeitfracht Medien GmbH
Ferdinand-Jühlke-Straße 7
99095 Erfurt, Deutschland
produktsicherheit@kolibri360.de